西藏，一场最美的遇见

对于未来者，西藏是个令人神往的佛界净土；
对于此在者，西藏是一种生活方式；
对于离去者，西藏是一个让人怀想的地方。——马丽华

马超 著

青海人民出版社

图书在版编目（CIP）数据

西藏：一场最美的遇见 / 马超著. -- 西宁 : 青海人民出版社，2017.4（2023.6重印）
ISBN 978-7-225-05324-0

Ⅰ. ①西… Ⅱ. ①马 … Ⅲ. ①散文集 – 中国 – 当代
Ⅳ. ① I267

中国版本图书馆 CIP 数据核字(2017)第079174号

西藏：一场最美的遇见

马 超 著

出版人 樊原成
出版发行 青海人民出版社有限责任公司
西宁市城西区五四西路 71 号 邮政编码:810023 电话:(0971)6143426(总编室)
发行热线 (0971)6143516/6137730
网址 http://www.qhrmcbs.com
印刷 青海西宁西盛印务有限责任公司
经销 新华书店
开本 890mm × 1240mm 1/32
印张 7.625
字数 150 千
版次 2017 年 5 月第 1 版 2023 年 6 月第 3 次印刷
书号 ISBN 978-7-225-05324-0
定价 28.00 元

目录 CONTENTS

CHAPTER 03

圣坛中，那绽放的莲花

CHAPTER 04

转山，转走你内心的苦乐

CHAPTER 05

星空下，听我讲一些故事吧

CHAPTER 08

带一颗清净心，回家

代/序

有一种心灵，叫西藏

蓝天，白云，天际远处身形巍峨的山峰，山脚下缓慢移动的小黑点，不知那是朝圣的人群，还是牧民们的牛羊。

这个地方，有人曾告诉我，你伸出手就能触碰到天堂。可我要说，天堂就在我们心上，这里伸手可以触碰到的，只是强悍又粗犷的生命活力。你看着四周不断地感叹：这个地方，怎么会有人扎根生存、代代繁衍生息呢？

这个地方，它的名字叫西藏，在藏语里的发音大概是“盆迥”。初次接触这里，我对它怀着既敬畏又好奇的感情。我不明白，为什么这块荒凉偏远的地方能结出如此绚丽多彩的文明果实？我也不明白，是什么力量吸引着无数世人冒着各种风险来到这里。他们是在探索着什么、寻找着什么吗？

其实，神话中的西藏，也只是存在于神话中。人们口耳相传的故事中，那如同神明般的人物和各种意想不到的情节，无疑都给这个曾经封闭的地方蒙上了一层别样的面纱。当人们说起这个地方，往往在头脑中首先浮现出的是身着民族盛装、载歌载舞的美丽姑娘，还有磕着长头、缓慢前行的朝圣人群。香格里拉的传说、地心世界的入口、神秘莫测的宗教文化……多少人心目中的西藏被如此地“神化”了。

于我来说，西藏是一种感觉，一种心灵的体验。我印象中的西藏，到处是色彩浓艳、对比强烈的画面。那大朵大朵的色块，凝结在世界屋脊上，如同一块块生铁。这儿的环境很难孕育出婉约如江南水乡般的温婉情调，但却绽放着最蓬勃、最浓烈的生命花朵。

接触她之前，我只知道她的神奇和美丽非同寻常。我一度怀着热切的心肠，向往有那么一天，能像许多喜欢上这里的人一样，独自来到这个地方。可是，当我真的准备走近她时，内心却油然而生一种畏惧，生怕因为自己的一点点小过错而惹怒这里的神灵们。于是，我小心翼翼地收集着关于她的资料，各种各样的资料，只是希望靠近她时，不要太过鲁莽、笨拙。最初，我只是想从文字上、照片上和图画上了解她，然后，再大着胆子亲近她、读懂她。

最初的最初，关于她的所有印象都是从花花绿绿的图片和白纸黑字的资料上得来。后来的后来，我终于在亲密朋友的陪伴下来到了梦想已久的这块土地。曾经我担心，我爱上的只是自己臆造出的西藏；而今我确信，我爱上的这块土地，她确实足够传奇也足够神奇。只有你亲身踏上了这块土地，你才会感觉到，梦里的情景竟然也能与现实世界如此完美地交融在一起。这种感触，我猜想世界上只此一处——西藏。

Chapter 1
做个生活的苦行者

我要去的那个地方，和我一样孤独。但其实她并不孤独，从来都不。因为她有着忠实于她的子民。但是，我没有，我什么都没有，即便我现在拥有着什么，但我知道，我会在某天变得一无所有。只是这颗心，还是我的。所以，我要不带任何目的地去那个地方，做一个纯粹者，也让心灵漂流到一个更为纯粹的所在。

——写在出发前

01
PART

只愿让心灵到一个更纯粹的所在

对于未来者，西藏是个令人神往的佛界净土；对于此在者，西藏是一种生活方式；对于离去者，西藏是一个让人怀想的地方。

——马丽华

现在我要给你讲述的地方，被人们贴上了形形色色的标签：有人说她是“净化心灵的圣地”；有人说她是“距离天堂最近的地方”；有人把她比作是“梦中的情人”，如此神秘但又难以触摸；

还有人把这里视为“一生中必须要去的地方”。

这里是西藏，是一个被雪山环绕的地方。厚重的历史积淀，浓蕴的宗教气息，苍凉的古迹遗址。目力所及，无不弥漫着一种神秘和苍茫。

关于这个地方，历来传说很多。也许是因为它长期封闭在世界的屋脊，因其恶劣的自然环境而少有外人踏足；也许是因为这里的宗教气息太过浓厚，因而外人很难理解生于斯、长于斯的人们所怀有的对于大自然的敬畏感。

是啊，这是一种自洪荒时代就已经生出的敬畏感！这样的敬畏感，于你于我而言，都显得太过茫远，所以听起来是那么不真实，但又充满了致命的诱惑。

这正是我们这些生活在灰色丛林中的都市人所难以体会到的一种感觉！

每一天、每一天，你、我，我们大多数人都只是匆匆忙忙地活着——在睡意蒙眬中睁开眼，急匆匆地洗漱吃饭，上班下班，每时每刻都在匆忙中过活，也在焦虑、不安、恐惧和各种心烦意乱中过活。

我们未曾考虑过生命的意义是什么，也很少考虑，或者说从没有让自己的心灵安宁下来过，保持在一个纯净而喜乐的状态中。

曾经，我和许许多多的背包客一样，把西藏幻想成一个能让心灵彻底得到净化的地方。可我来到这里之后才忽然发觉，原来在自己心中早有一个想让自己变得纯净的念头，所以才觉得这里的山山水水，都能给自己带来净化的能量。

原本我想不带任何目的地来到这里，这样才最好。可后来我觉得，完全不抱目的那是不可能的，就像我们不可能毫无理由地爱上一个人一样。

但是，如果你只是为了旅游而来到这里，为了炫耀自己的经历而来到这里，为了跟风尝新而来到这里，为了寻找所谓的“罗曼蒂克”而来到这里，那么你的心灵注定还要继续停留在嘈杂不安的境地中。

来到这里的目的只有一个，那便是让心灵沉下来，让它到一个更为纯粹的所在。

西藏，足够神秘也足够神圣，不过你可千万不要抱着“来一趟西藏就会怎样”的幻想，也不要怀揣功利企图。如果有人告诉你，他来了一趟西藏就能让灵魂从头到脚都干净透底，那么我说，这是一种很不妥当的夸张。

事实上，你来到这里能收获多少，不仅和这个地方有关，也和你的心、你的灵魂的接纳程度有关。用心行走在雪域苍茫大地上的人，和那种走马观花式游玩的人，他们的心灵体验绝对不一样。前者，虽然看起来沉重而又艰辛，可他们能最充分地领悟到这个地方的悠远和沉静，领悟到居住在这里的人们心中的虔诚和坦然。

在天地万物之中，个人生活中的挫折悲欢都显得那么渺小而不足挂齿。经年的积雪反射的不只是天上的阳光，也反射着灵魂的呼唤。

对于我们每一个人来说，我们都是各自生活中的苦行者。唯有“行走”，不断地向着心中的那座圣城前行，才是我们生命中最为重要的目的。在前行的过程中，所经受的悲喜也好、苦难也罢，都如同雪域高原上空的那些云朵，聚了又散，了然无痕。只是，对于心向觉悟的人来说，这些经历都只不过让他更坚定、更纯粹、更圆融，如此而已。

如果，你愿意，那么现在请随我踏上这场心灵的行走，让我为你揭示我眼中的西藏，这个充满神秘气息的地方，让我们一同掀起它的神秘面纱，听着那些古老的传说和神话，循着圣者的脚步，让心灵守在那纯粹的地方。

酥油茶已然煮好，只是不知道，你是否愿意与我一起品尝？

02/ PART

是苦是乐，由心选择

我对友人说，每次写新书时都感觉第一个字最难落笔，这就好比每次远行时，踏出的第一步最是艰难——总要在内心和自己斗争一番，不断地说服自己，是继续前行还是原地停留。

友人微微一笑，他说："你那一次的西藏之行，可是连眉头都没皱就踏上行程了。"

我说，那是唯一一次，我追随本心的选择。

当我第一次踏上这块土地时，只觉得整个身躯被放置在一个色彩浓烈、天蓝云白、草绿水清的空间里。粗朴的风迎面而来，风中飘散着朝圣者口中念诵出的经文。

西藏的生存条件异常艰苦，高寒缺氧，一些地区还频频发生雪崩、山洪、泥石流。有人说，西藏的土地上住满了神灵。我说，也许是因为生活在那里的人们对自己的明天充满了一种无助感，或是他们认为世间万物皆为神灵恩赐而充满了感激。

当那无垠的贫瘠、荒凉涌进眼底时，别人到底是个什么感受，我不能知晓，而之前我也仅是从友人拍下的照片里触摸到西藏的苍茫。这种苍茫，空旷、邈远、深邃，令人一见便呼吸不得。

生活在这里的人们，他们乐天知命，神态怡然地伫立在雪峰之间，满眼笃定地凝视着风马旗，虔诚地在神山圣湖边默默祈祷。岁月将雪域高原的模样改了又改，但始终未变的是信仰者们的灵魂对神明的无限敬仰。

转经筒、六字真言，腰间的藏刀、手腕上成串的佛珠……我对藏族朋友洛桑平措说，每次我想到西藏，脑海中浮现出的便是这些词汇。

洛桑平措自小便生活在拉萨市，他是个温和又爱笑的男子。他说自己小时候几乎没什么机会去拉萨以外的地方，后来他迷上了摄影，开始抱着相机去拍大昭寺前晒太阳的人们，去拍外地来的背包客仰望布达拉宫时那惊讶的表情，偶尔也把街头艺人虔诚吟唱时的目光捕捉下来。但他说，最难忘的还是同朋友一起来到人迹罕至的地方，那空荡荡的天地间，除了自己，就只有远处的山，脚下的路。

“很多地方的生存环境都很苦的，但即便这样，也能看到星星点点的人呢！”

“他们不觉得苦吗？”我把满心的好奇丢给洛桑平措。

洛桑说，应该是苦的，只是他们不这样认为，他们会想，苦或乐都是心上的选择，佛家不是经常说“心能转境”么？

可是，这里的苦并不需要“转”，因为只有你感觉到了苦乐的差别，你才会想到如何“离苦得乐”。对于那些将苦乐融于一体的人来说，苦或者乐，那原本就像生与死一样，离开哪一个，便都不是完整的人生。

洛桑不止一次地对我说，藏人是神猴的后代。“猴子变人”的传说不论是在民间流传的故事里，还是在文献典籍中，都有所记载。这故事流传到后来，因受了佛教文化的影响而呈现出别样的面貌。

据说，在贡布日山洞里有只日夜苦修的神猴，他乃是观世音菩萨的化身（也说观音菩萨授予这只神猴具足戒）。他在这里积年累月地苦修，本是要有所成就后就去度化雪域众生。可是，有个与神猴宿缘深厚的岩魔女，她妖艳无比且爱上了这只神猴，为与神猴结为夫妇，便在其面前百般诱惑。

面对妖艳万状的岩魔女，这神猴竟不为所动，只一心禅坐。于是，恼羞成怒的岩魔女便厉声说：“若不能与你结成夫妇，我便委身于魔王，日后诞下魔子魔孙，专门荼毒世间生灵。”

神猴听罢，心中万分为难。在好一番权衡之后，终与岩魔女结为夫妇。既然是宿世因缘的牵引，那便承担下来吧，既然要度化众生，这岩魔女也是众生之一啊，理应对她存有慈悲之心。

后来，神猴与岩魔女的子孙不断繁衍，数量越来越多，同样食物也就越来越少，小猴群们面临着饥荒，神猴便求观音菩萨襄助。于是，大地上播下了五谷种子，自此之后，广袤的大地上便多了几道辛苦劳作的身影。故事中说，藏族最初的祖先生活在雅鲁藏布江边泽当地区广袤的大森林里。那里虽然雨水充沛，草木茂盛，但先民们的生活依然很苦。这样的苦，在那个蛮荒久远的年代里并不罕见。

传说，正因为雪域人种的父系祖先是神猴，母系祖先是岩魔女，所以人种也分为两种种性：神猴菩萨所传的种性天生“性情驯良，信心坚固，富悲悯心，极能勤奋，心喜善品，出语和蔼，善于言辞”。而母系岩魔女所传的种性则“贪欲嗔恚，俱极强烈，从事商贾，贪求营利，仇心极盛，喜于讥笑，强健勇敢，行不坚定，刹那交易，思虑烦多，动作敏捷，五毒炽盛，喜窥人过，轻易恼怒”。元朝后期萨迦派的高僧索南坚赞在《西藏王统记》中如是写道。

在藏族古老的本土宗教——苯教的文献中记载道：最初的时候，由五种物质产生出一个发亮的卵和一个暗色的卵，它们共同组成了我们的世界。就在那发亮的卵的中心，生出了人类的始祖什巴桑波奔赤。什巴桑波奔赤的后裔有两支，一支是天界的神，一支是地界的神，而人类则从这两个神中繁衍出来。

尽管以上两个故事的开头很不相同，但之后的事情经过却十分相似：雪域高原上的先民们在冰冷的暗夜、无声的黎明、柔美的黄昏中以一种神灵般的姿态努力地活着。放眼望去，这冰冷的世界中充满了各种意想不到的灾难，生命是如此之苦，但人们还是要生存下去。可到底要如何生存下去呢？唯有将自己的一切都交托给神明。

我们不妨闭上眼睛，还原一下几千年前在那块覆盖着皑皑白雪的极寒地带发生的种种故事：为了在极度严酷的环境下生存下去，人们成群结队地生活，身上包裹从猎物身体剥离下的血淋淋的毛皮，有些人天生体弱，只能在漫天的飞雪中静候死亡。这些将死之人将目光投向苍茫的天空，然后无力地张了张嘴，待最后的一丝气息吐完，他们的生命进入到另一个黑暗的所在。

大家看着昔日的同伴一个接一个地离去，不知道为什么会发生这样的情况。虽然，先民们过着食不果腹的生活，但他们已经开始对死亡表现出了莫大的恐惧。这种恐惧，使得对生命的渴望在这一片大地上不断蔓延开来。这样的恐惧感和挫败感，使得先民们死死地认定，必然是有一股强大的力量在支配着这个世界，支配着人们的生死。于是，先民们几乎是不约而同又争先恐后地投入到神灵的怀抱。他们望了一眼那些倒下的同伴的尸体，望了最后一眼，然后，继续在岁月的长河中前行。

那些干枯的尸体在寒风中卷曲着，在高高的大太阳底下暴露着。要么是自行腐败，与整个冰冻的大地融为一体；要么是被野兽鹰鸟啄食掉，为其他生命提供养料。

渐渐地，灵魂观念在这辽阔无垠的高原上产生了，人们不再把同伴的尸体随便一扔了事，而是在想如何安慰逝者的亡魂。这其中不仅包含了对逝去同伴的怀念，更多的还是一种恐惧。先民们相信，世上是有鬼魂存在的。

在神灵鬼怪交错的地域上，各种宗教仪式成为一种常态。其实，“苦”也是雪域高原先民们的一种生活常态。这样的苦有多深重，这片大地上的宗教气氛就有多厚重。这样的苦不只是因为恶劣的自然环境和生存条件，还伴随着物质匮乏。

这样的苦，自远古时代的遗迹中传来，自先民们那不甚清晰的歌声中传来，自卡若遗址中发掘出的残破陶片中传来，自雅砻悉补野历代赞普的威严喝令声中传来，自一步一叩首、进山朝拜的阿妈脖颈上的那串松石中传来。

人烟稀少，大地一片静默，荒凉得令人发指。所有的景色都专属于你一个人，但在这千里看不到人烟的地方，你心中那此起彼伏的感觉，又该与谁人倾诉呢？在这样巨大的孤寂面前，如果没有一颗沉定有力的心灵作为依靠和支撑，你觉得，你苦不苦？

在米拉日巴的证道歌中，他清醒而嘹亮地唱着：“芸芸众生世间人，生老病死四河深，人人难逃皆有份，轮回大海不断根，溺于苦浪不自知，安乐幸福无一时，怕苦反倒自作苦，祈福却作有罪事……”

既然人生是苦海、世间是苦浪，那么祈祷安乐自然也在情理之中。只是，米拉日巴想告诉世人，可千万别用错了方法。不要因为怕苦而躲避苦，因为你根本无法躲避；也不要因为贪恋快乐而追求快乐，因为你根本追求不到真正的快乐——只要你的贪心还在，嗔心未减，痴心不除。苦或不苦，其实都在那一心之中。米拉日巴是如此坚定而冷静地告诉世人。

这样的道理，他无须多言，雪域高原的众生们自然是知晓的。在他还未唱出那充满悟性的道歌时，这里的人们便已经学会了伏在神山圣湖的面前静默祷告。他们相信这世间是苦的，这今生今世也须得在苦中度过。所以，他们得到那么一点点慰藉就会欢喜无比。

这里的人们比其他地方的人更容易满足。你尽可以笑话他们一辈子都在基本生存线上挣扎着过活，尽可以对他们目光中的茫然表示不屑，尽可以叹息他们此生都处于苍茫与无聊之中，与贫瘠结伴。是的，他们不懂得钻营，他们面对许多外来的新鲜事物时表现得过于兴奋，以至于让你可能会觉得他们多么老土。

但是，他们的内心世界你可曾踏进去过？那般的纯净无比，如同另一个国度，干净、透明。但这干净、透明也许正是因为没有受到物质主义和拜金主义的浸染，所以才得以保留，而这原本应该是人性之中最原始、最本真的部分。

物质的匮乏与精神的满足形成了强烈鲜明的反差。正如同你初来到雪域高原时，满眼都是大朵大朵的色块。也许你会在疑惑中伸长了手臂，做出要拥抱蓝天的样子，就像我刚刚踏上这片土地时一样。

或者，你苦着一张脸，感叹这里的人们为何能于此处一代代地延续下去。在你看来，这里太苦，你因心中的苦而认定米拉日巴笔下的各种苦都是正确的。

你自己的心中，是苦还是乐，由你自己决定。这里的人们，他们觉得苦或者乐，也是由他们自己决定。

你眼中的苦与乐，那也只是你一心的产物，在那些灵魂纯净的人们看来，苦与乐的界限已不那么分明。人生本就苦乐参半，只是，对于放下颠倒梦幻妄想的人来说，苦不再是苦，乐也不再是乐。可这样的人，到底是世所罕见的。

如果，你真的遇到了这样的人，他也会对你说着同样的话：

苦还是乐，都是你心的选择。让我们的心再虔诚些、谦卑些，同时也坚韧些、高贵些，像在风雪中不断前行的先人那样，像在山洞中修行的米拉日巴大师那样，用自己的一颗心，转化那种种苦，把那贪、嗔、痴和种种妄想，转化成无上的甘露琼浆。

03 PART

如果，你曾来过墨脱……

在没有踏上这块土地之前，我心中对她充满了恐惧和向往。当我真的走入她怀中时，之前的无数猜想和梦幻般的感觉竟在瞬间全部清空。

西藏，它可以是一个旅行的好地方，也可以是一个修行的满意之处。如何定位，全看你的选择，但我依然愿意选择做一个生活的行者。不为其他，只为了让自己的心灵不要在物质欲望中一再沉迷。

我想，我们都是贪玩的孩子，在这个世间游荡了一生之后，总要踏上那条回家的路。我不相信身后有什么天国和地狱，但我相信，当下的心心念念会影响自己以后的生命状态。所以，我要走在正道上，做一个生活的苦行者。这苦行不是说一定要住进山洞里，像米拉日巴那样断绝粮食，只吃野菜野草，也绝不是刻意地折磨肉体，在形容枯槁中高唱“悟道之歌”。

真正的“苦行”应该是在苦中觉悟，不躲避那人世间的种种苦难，也不执着在其中。在通往灵魂圆满的道路上，我们必然是在苦难中不断超升的。这就好比虔诚的人们在朝圣的道路上，在历尽艰辛的同时，也收获了灵魂的纯明。

说起朝圣，脑中忽地闪过西藏的一个地方，那个地方叫墨脱。那里的人们生活十分简单，电视和报纸都显得那么稀罕，至今仍有部分地区的生活物资要靠人力、畜力背运方能进入。它就好比是雪域大地上的一座小小城池，又好似一座孤岛，既傲然于纷乱的人世间，又分明如同戴着面纱的少女一般，吸引着无数世人来到她的面前。尽管进入到这里需经历无数的艰难。

墨脱，人们称它为“地球上最后的秘境”。这里的神奇是因了它自身的“封闭”，还是因为那些动人的传说，这自然是个见仁见智的问题。墨脱之所以神秘乃至神圣，那是因为这个地方与观世音菩萨有关。

当年观世音菩萨为度化雪域众生而发下誓愿，可是当他看到还有那么多苦难众生依然不能出离苦海时，便落下伤心的泪水。在诸佛的加持下，两滴饱含慈悲的泪水在落向雪域大地之前竟化作了两尊度母。

一尊度母通身白色，在落地后化作了冈仁波齐，成为信徒心中神圣的山峰；另一尊度母呈现绿色，化作人间净土白玛岗。这白玛岗正是如今的墨脱县。其实，我没有去过墨脱，尽管在读了那么多关于它的文字之后，从灵魂深处对其向往不已，但也正是因为在文字资料里、在藏族朋友的口中、在从墨脱回来的旅人日记中了解得太多，心中反而生起了无数的畏惧。

我担心自己难以忍受那漫长的路程，担心因自己身体吃不消而打退堂鼓但又找不到归来的路，我不喜欢蚂蟥、跳蚤和蚊虫，也不能适应那一路上的风餐露宿和各种不适应。

可是，尽管有千万个不喜欢、不情愿，但唯有一点让自己始终放不下“墨脱”二字。这便是墨脱与香巴拉的传说。某位朋友，他曾亲自去过那莲花般的圣地，当被人问及一路上风光如何时，他竟然呆了好一会儿，然后喃喃自语道：“我看过世界上最美的花朵，她们不是盛开在著名的花田里，而是绽放在通往墨脱的路上。那一路毕毕剥剥盛放的野花，以各种颜色点缀着路途的寂寞。”

当被人再次问起为何要独自一人前往那么遥远且完全不熟悉的地方时，他说他在找寻梦里的香巴拉。他梦到过美丽的女神降临在墨脱的大地上。那里是绿度母化身的地方，是人间少有的天堂。在他之前，已经有许许多多的人踏上了这条寻梦之旅。在传闻中，他们沿途经历过险峻的雪山、湍急的河流，而至于深沟峡谷、茂密森林，更属常见之物了。

如同唐僧西天取经一般，朋友笑称自己也经历了九九八十一难。那最后一难便是离开墨脱，他说他真心舍不得。

清朝时，便有许多信徒为圆自己一个虔诚的梦而踏上了这或许是一去就再难回来的朝圣之路。噶厦政府曾经发出过布告，试图阻止那些为了到达莲花圣地而不惜赔上性命的信徒。可是，神话中的香巴拉实在太神奇、太美妙了，即使已经有那么多人死在朝圣的路上，依然无法阻挡那些寻梦之人的脚步。他们舍掉了在家的幸福生活，义无反顾地踏上了苦行路。

就是这样一个圣洁之地，即便它是如此的不入尘俗，却也难逃人类好奇与贪婪的目光。

约 300 年前，世代居住在门隅地方的门巴部落开始了浩浩荡荡的东迁之路。因为他们实在无法忍受当地贵族统治者的欺凌。可是这东迁之路并不顺利，一路上不仅随时面临着饥饿和疾病，还有贵族统治者的追击。侥幸活下来的人们走进了这个山高谷深但却没有欺凌、花香遍地的世界。

可是白玛岗当地的珞巴人十分排斥这些外来者，在一番厮杀之后，门巴人击败了珞巴人。这是较高程度的文明与原始阶段文明的一次对决，史称“门珞之战”。从此之后，白玛岗尽管换了新主人，可它容颜未改，依然美丽。

在此后的岁月里，这里迎来了许许多多外来者。他们各自怀着不同的目的闯入这片圣境。当然，有相当一部分外来客还没来得及踏上这片土地，就已经在半路上命绝身亡。还有一些人是活不见人、死不见尸，彻底地失踪了。于是，墨脱的神秘氛围更加浓厚。有人说，这里住着神女，凡是心怀不轨的闯入者都会死在她的脚下。也有人说，那些身份不明的可疑人会对当地居民构成威胁，所以，守护这方土地的绿度母便把他们统统赶跑了。

这里只收留那些心地纯净之人。他们可以是坚忍不拔的探险者，可以是心怀美丽梦想的旅人，也可以是向往极乐净土的信徒。

如果，你曾来过墨脱，那么你终生都不会忘记她那遗世独立的绰约风姿。然而，我那位单独走墨脱的朋友却对这种说法不以为然。

“什么绝世独立的神秘国度啊！什么只有两个人相互依偎就可以忘掉世间烦恼的美妙所在啊！这些都是哄人的话！去墨脱不是为了寻找浪漫，也不是满足一下自己那乏味的好奇心。人生总是苦的，你唯有想到这苦，才会想到如何出离。所以啊，我去墨脱纯粹是找‘苦’去了！”他如是说。

他的这些话，打消了我心中为探险而生的蠢蠢欲动。在他看来，墨脱之行是寻“苦”之旅，是为了提醒自己不要让心灵停靠在安适之处，不要忘记自己来到世间的初心。

在我看来，墨脱是一个带着魔幻色彩的梦，是被藏南河谷的暖风熏醉的幻想，是既爱而又不得的情人，是在刺破真相之后还愿坚持下来的信仰。

我曾经希望自己像所有的修行者和朝圣者那样，踏上这条磨炼意志的路。可最终，还是在友人的劝说中放弃了“雄心壮志”。墨脱景色确实很美，沿途的风光也确实难得一见。可我们每个人都在寻觅的人间净土、香巴拉天堂，不正是在自己的内心吗？所以，我不会因为此生难以到达那里而万分沮丧，我也不会因友人独自前往而流露出嫉恨的目光。至少，我曾经在某个深夜里，躺在雪域高原的某个旅店里，听到过自墨脱传来的声声鼓响，或许，那是世代生活在墨脱的先人们在追赶猎物时奏起的战歌，或许，那是举行宗教仪式的信徒们咚咚的心跳。

那是一方未遭污染的净土，它始终与我们的心灵相通。如果，你曾到过墨脱，那么你一定会爱上仁青朋山的静默，爱上那些虽生活艰苦但依旧微笑盈盈的当地人。苦难已经深深地融入了他们的血液，以至于他们对自身的苦难可以视而不见，却愿意对路过的陌生人绽放出灿烂的笑脸。他们把全部希望寄托于来生，所以在今世能够默默忍受下这些与生俱来的苦难。

是啊，如果我们不能解决掉苦难，那么就超越苦难，与它握手言和，从此不再对抗。不是一定要麻木地活着，而是学会认同这世界，把自己的命运承担起来。

如果，你来过墨脱，你或许会懂得，坚持一种信仰对于尘世的人们来说有多么重要。在苦难中，人们需要让自己平静下来的勇气，在面对死亡时，给自己以宽慰：死亡，那真的不是生命的终结，而是另一次生命旅程的开始。总有一天，你会理解这苍茫的雪域大地上，为何矗立起那么多的神殿寺庙，你也会理解那些毕生都在憧憬与苦难相伴而过活的人们。

Chapter 2

来到这里，为的就是找到自己

到底是什么原因让我的上师在面对死亡时，能够这么镇定、从容、有条不紊而又出奇地无忧无虑？那个问题让我着迷不已，也教我神往不已。

——索甲仁波切《西藏生死书》

在读过《西藏生死书》后才知，其实世间一切有情众生，都具有这种觉悟生死的能力，只是我们已经与真实的自己偏离得太远了，以至于我们经常误以为靠着外界的什么力量就能克服对死亡的恐惧。有时候我会想，到西藏走一趟，不为欣赏风景，也不为转山朝圣，为的只是找到那个真实的自己，然后静下心来，与真实的自己对话。

01 PART

从生死中感悟人生

书桌上摊放着一本《西藏生死书》，这是多年前好友赠送的。也许是那个时候的自己还太青涩，始终觉得生死二字过于沉重，乃至每每看到这两个字便觉得好一阵窒息。于是，这本书就一放多年，不曾翻阅。

不久前偶然获悉某位风华正茂的朋友不幸去世，感慨之余恰好想起书柜里的这本书，遂找出来搁置案头，以警醒自己人生之无常、生命之可贵。

翻开这本书，最先跃入眼帘的可不是什么深奥的佛学佛法，而是作者初次接触死亡的经历。像一位饱经世事沧桑、看淡人情冷暖的老人那般，作者将这次经历向读者娓娓道来。谈生论死，使读者的心头泛起对死亡的恐惧，这并不是作者的本意，索甲仁波切实在是以亲切的文字对世人提出谆谆教导：“要从生死之中悟透人生啊！”

索甲仁波切说他在七岁左右第一次接触到死亡，死者是一位名叫桑腾的出家人。尽管死亡的阴影如乌云般笼罩着一切，但整座寺院却没有一点儿恐怖的气氛。一个七岁的幼童，在他的生命中第一次接触死亡，若是这样的事情发生在我们身边，也许有人会倍觉痛心，也许会有人报以轻叹。但索甲仁波切却认为一直沉溺于哀痛之中是一种懦弱的表现，他说自己在悲痛之中反而“慢慢浮现出一种深省的接受”。

这种“深省的接受”大概说的便是对于生死的觉悟吧。我想，我们之所以活得漫无目的、毫无方向感却又忙忙碌碌、身心疲累，正是因为我们缺少这种“深省的接受”吧。

对于大多数人来说，他们并不知道，无常就伴随在自己左右，包括曾经的自己也是如此。我们从来没有认真思考过死亡的意义，只是一味地惧怕它、抗拒它、逃避它。如果说死亡有什么意义的话，我觉得那便是它教给我们应更加珍爱生命，让我们在短暂而又充满变数的生命中努力地活着，努力地绽放出自己的光彩，从对死亡的恐惧中获得一种觉悟，并因此而使生命品质得到更高维度的提升。

如此去想，死亡倒不是什么特别悲伤的事情了，而正因为无常的存在，我们才会更加珍惜生命中出现的一切。那些使我们烦恼憎恶的人、事、物不会永久存在，让我们爱恋欢喜的亦复如此！于是，我们遇到不称心的人或事，便也不会那么无奈、那么烦恼了；我们在面对自己喜爱的人或事时，因为早已知道无常的存在，反而也不会那般固执、那般贪恋了。

《西藏生死书》以死生之事开始，接下来便谈了无常，谈了如何反省，谈了如何在生命尚存时做出改变，谈了人的心性也谈了人如何踏上精神解脱之路。

索甲仁波切援引米拉日巴证道歌中所谓的“不死、恒常的心性”，一切的修行都是为了证悟这个不死、恒常的心性，当心中生起新的觉醒时，便说明我们正在走向觉悟的大道。心灵一旦开始觉悟，便等同于生命的重生。

人最大的心病是执着。为了医治这个心病我们便要修行，从观无常开始，渐渐步入心灵的觉醒。对于时刻保持着清醒和敏锐的人来说，即便是这种心灵的觉醒，也不应该执着。

修行是为了断执着，也是为了坦然自若地面对无常变化，面对死亡。这生死之事的话题，听来很是沉重，但也在清楚地告诉我们：生命有多脆弱，它就有多珍贵。唯有认识到生命之无常，我们才可能认真地看待生命，而不是沉溺于物质的享受和感官的刺激之中。

我们的存在就像秋天的云那么短暂，
看着众生的生死就像看着舞步，
生命时光就像空中闪电，
就像急流冲下山脊，匆匆滑逝。

《西藏生死书》中引用的这首诗如同一方药剂，给执迷贪求的心灵注射下清净无求；它又如同一声炸雷，惊醒了迷醉于尘世享乐中的男女众生。

不要以为自己对无常变化采取无视态度，它就真的不会存在。世人们快快觉醒过来，不要再自欺了，好像我们回避死亡，它就真的不会到来一样。有句话说，“世界上有两样东西不可直视，一是太阳，二是人心”，可这个人心，我们自己又认识多少呢？

听修行的朋友说，一切经验其实都源自于心，心才是我们的主人。心，可以创造欢喜、光明，也能够创造恐惧、阴暗。佛教把心分为比较突出的两个层面，这两个层面并不是截然分开的，而是同在那一颗心上。听起来神秘吗？其实就是当下那一转念，如此而已。觉前凡夫，觉后便是佛，这所谓的“觉”乃是以“不觉”为基础的。

所以，佛教说“烦恼即是菩提”。

在拉萨旅行时曾有一段时间借住于朋友家中，这是好客又豪爽的一家人。他们有着共同的精神信仰，虽然不太会表达自己的喜怒哀乐，但似乎很愿意听我讲述自己的故事。

这一家人中，经常同我聊天的反而不是我那位朋友，而是她的母亲，一位黑而且瘦、手脚勤快又爱笑的中年妇人。

初来时，看到朋友的母亲于闲暇时总要摇转那转经筒，我心下觉得好奇，便向阿妈讨教。阿妈说，转经就相当于持诵六字真言。“人来到世间走一遭，并非是无缘无故的，这其中总有个什么道理，虽然我也说不清楚。心烦时，遇到难事时，我就想着怎么让自己平静下来。我们藏族人转一圈转经筒，便是念诵了一遍六字真言，就能得到佛菩萨的庇佑。转经筒在转，我的心也在转，这样转着，就觉得没那么多烦心事了，自己心里也没那么多的苦恼了。”

一念一转，将凡夫心转成清明通透的菩提心，这不是一朝一夕的功夫。但是在藏地，却有许许多多的普通老百姓在信仰的支撑下不断地朝这个目标实践着。这种信仰的力量坚定得如同一块古铜。

凡夫之心，装满分别、相对的观念，充满执着和排斥。它有欲求，总是希望操纵着世间一切；它宣称要“全心全意”地爱着伴侣，但又会排斥对方做的那些不被自己希望的事情；它制造出各种负面情绪，并一再地沉溺于其中，却总是说对心上的烦恼无能为力。凡夫之心总是在给自己制造痛苦的同时又把痛苦带给别人。无怪乎当年的慧可禅师伫立在大风雪中，砍掉一只手臂也要向达摩祖师求教“安心”的法门了。

曾记得，在大昭寺前遇到一位气度不凡的年轻僧人，他微微笑着，对我们说：“千万要守护好自己的心啊！千万要在生死事中有所觉悟啊！世间的一切，不过是心的化现，而这些化现，又是为了让我们更好地觉悟自心啊！”

“心者何在？我为你安！”

“祖师啊，我找不到这颗心啊！”

“如此，我已为你把心安好了。”

无妄想动念处便是正觉，便是菩提。于大昭寺前，一个阳光温暖的午后，我的心终于静了下来。

可为我安心的那个人，又是谁呢？

02 PART

点亮菩提的明灯

生命是一种流动变化的过程，它和宇宙万物一样，分秒之中都在变化着，从无停歇。从这个本质来说，我们和宇宙万物应该是圆融一体的。

若是我们能这样观想，那么我们心中的各种局限性想法于顷刻之间便瓦解掉了。若是持续而专注地打开心灵，我们会发现，以往不敢正视、不敢面对的事物，早已对我们构不成任何威胁，无论那是死亡，是失去，还是其他。

拉萨街头的一位修行者说："我们修行，是学着接受曾经不能接受的，面对曾经不敢面对的。"

罗布顿珠那年迈的祖母曾经闪烁着一双充满智慧的眼眸对我说："我们早就知道生命的无常性，所以我们更关注眼下的时刻。我们不为未来而焦虑，也不为过去而追悔。如此，我们的心念便是清净的，心念清净，自己的生命状态便因此而发生了改变。"

对于大部分人来说，他们面对生命时总是处于一个拒绝的状态。人们对着生命大声说"不要"：艰难困苦，我不要；挫折坎坷，我不要；繁重的体力劳动，我不要；贫穷的生活，我不要。

凡是不被自己喜欢的经验都不要出现在生命里，这是大多数人对生命的态度。但是，其实我们忘记了，并不是这些经验自行跑到我们的生命之中，而是我们的心，把外在的事物做了种种区别，然后又将执着的念头停留在我们所渴求的经验上。渴求而不得，便体验到了痛苦。在来到西藏之前，我满心满怀全是对高原反应的恐惧，我被这恐惧深深地困扰着。罗布顿珠却说，这只是我自己制造出的恐惧感，"你被自己制造出来的痛苦紧紧地缠缚着，实在是没有必要啊。"

好友的话像是一颗投入湖水中的小石子，激荡起我对心念的思维，从这思维中，又发觉了心头执着的幻象。当意识到所谓的对高原反应的恐惧不过源自于自己的执想时，这种恐惧感便悄然瓦解了。

仅仅是自己执想出的恐惧就令我们如此痛苦不堪，那么，当我们面对不知何时到来、以何种形式出现的死亡时，我们内心的恐惧只会比这更甚。如果你和我一样，意识到了这个问题，并敢于面对这种恐惧，那么我们的菩提明灯便已然被点亮了。只有先感觉到恐惧、焦虑，才会想办法去对治它，当然，那些浑浑噩噩行走在世间，只是吃喝玩乐混日子的人就另当别论了。

虽说佛性人人皆有，众生心性本觉，光明朗照，诸佛慈悲，化度有情，可也要自己首先生起那修行的觉念，这样才能在生命中遇到度我们的人，将我们引领到解脱身心的道路上。

我想，自己生命中出现的那些人，他们并非是无缘无故走近自己的。若有人使我们愤怒，那说明我们的内心还不够平静，执念还是十分深重；若有人夸奖了我们，我们以此沾沾自喜，那说明我们的心中还挂着一个大大的“我”，并把这个名相的“我”当作真实的存在。

想到这些，忽而觉得自己很是好笑。

当初执意要到拉萨，面对朋友的问询，我只是说：“我想要自己来这个地方静一静。空掉内心的焦虑，换一种状态。”

如今再细一思量，觉得自己当初的想法甚是幼稚。若真是心静，哪里不是道场？若真是能时刻观照自己的心，空掉内心的焦虑，又何须丢下手里的一堆事情不做，跑到一个完全陌生的地方落脚呢？

可幼稚又如何？佛陀也是从一个平常人经由修行而大觉大悟的。当初的幼稚虽然没有让我大觉大悟，可这种幼稚却引导着我踏上了开往拉萨的火车，它引导着我对每一张陌生的面孔露出笑脸，从开始的小心翼翼到后来的自信满满，这种欢喜之心，千金不换。

初秋的中午。拉萨八廓街上。微微带凉的风吹去了心头的倦怠，吹来满心的安宁。我独自行走着，眼前是陌生而熟悉的拉萨街头风情。有人在匆匆赶路，有人在平静地祈祷，紧闭的眼，微微开阖的唇，完全听不懂的真言，阳光下虔诚而专注的脸。

初秋的中午。拉萨街头。随便找个地方，停下来暂做休息。忽然想起曾经对某位师兄说过的一句话：“人生这么长，停一下又何妨？”

师兄说：“应该是人生这么短，才需要偶尔停下来。”

停下来，才有可能与自己的心真实相对。

经常听朋友们说，西藏这边的生活节奏很慢，开始时都很不习惯。“这里的人似乎每天都很悠闲，真的很怕自己回到北京之后继续这么懒散呢！”

忙碌也好，懒散也罢，若是自己不捆绑住自己，那么人间便是好时节。在忙碌时，于懒散处若能时刻守护好自己的心，找到生命努力的方向并朝其前进，那么这生命才能算是充实而真实。

生命的充实状态，从来就不是靠着忙碌填充起来的。忙碌时喜悦，闲散时也喜悦；富有时喜悦，清贫时也喜悦。喜悦是满足感和充实感，它自智慧和慈悲中生起，而智慧和慈悲又是修行的产物。

前面提到的那位罗布顿珠曾不止一次地对我提起他的修行之路。当他被人找麻烦时，连个眉头都不皱，还在心中做如是念想："是世间众生成就了我，于我来说，绝不能起半点嗔恨。"找工作时四处碰壁，甚至找到了工作也会遇到种种挫折，罗布开始时努力地克制着自己的情绪，但坏情绪并不是靠堵、压制就能瓦解掉的，于是他学会了正视，正视生命中出现的一切，不论是顺境还是逆境，都只是当作磨砺自心的"道场"而已。

我问他在这"道场"修行中有何收获。

他说，财富积聚得再多，也会有散失的时候；爱情再浓再甜蜜，也难免有情感变冷的时候；美丽的容貌、青春的身体再迷人，也会有渐渐老去的时候。这便是无常啊，而且是看得见的无常。既然有看得见的无常，那么便有看不见的无常，比如顺境与逆缘之间的转变。

一旦正视这种无常，内心便光明起来了，因为已经知道逆境违缘不会长久，于是便少了几分恐惧；又因为知道顺境坦途不会长存，于是更会于当下倍加努力。

是的，人人都活在无常之中，这是一种彻底而终极的真相。能够领悟到这一真理的人，必定既有着非凡的勇气，又有一颗智慧灵明的心。

世间的每一个人，都活在无常之中。我们时刻被死亡包围，虽然恐惧无比，却又因为放逸散漫而不肯老实修行。

世上的绝大多数人仅仅把死亡看成是生命的毁灭和终结。人们否定死亡，对死亡避而不谈，甚至也不相信世间一切有为法都在不断地变化之中。可无数智慧的上师却告诉我们：所谓生死，那只不过是心的经验。

我们的心，长久以来充斥着散乱和忙碌，还有许许多多的负面情绪。我们在情绪失控时常说“我管不住自己的心”。其实，心又如何能“管”？我们要做的只是面对心中所想，每一个念头都不要逃避。不逃避，才能找到对治焦虑的方法。

我们的这颗心，从来都不是要靠“管”才能平静下来的，我们要做的就是与心对话。我们应该告诉它：执什么？世间万般风景，都在无常之中变化。我们是自己心念的主人，但我们的心，却应该与我们成为最亲密的伙伴！

正如一位参加过哲蚌寺晒佛活动的老阿妈说，修行可不是学着与心对抗，而是学会如何与心相处，学会如何与自己相处。

把那颗心从执着的牢笼里解放出来，将凡夫心提纯为菩提心，这是修行之路的最终目的。而我们，世间的每一个众生，虽然独自走在这条心性解脱的路上，但我们并不孤独。每一个众生，在以往无量劫中都曾与我们结缘，或为伴侣，或为眷属。所以，不要害怕，也不要觉得孤独无依，我们与一切有情都是圆融一体的。在解脱的道路上，我们从来就不缺乏同行者。

03 PART

高山之间的虹光

罗布顿珠不止一次地对我说起“某某高僧虹化”之事。开始时，我只当他是因为根深蒂固的信仰才对我说起这些奇妙的事。我不敢表示质疑，但又忍不住想要破解这个谜题。再后来，随着学习的深入，也因为身边说起“虹化”一事的朋友太多，我从文字资料和口口相传中对其有了粗浅的了解。

据说，有些得道高僧在圆寂时会示现出一种神秘迹象：他们的身体散发出光亮且不断缩小乃至消失，最后仅余存指甲、毛发等物。一些修行境界高深的僧人在圆寂时，肉身会幻化为一道彩虹或光束，然后消失于佛教所谓的“空行净土”中。那会是一个怎样的所在呢?

尽管有许多人对这一神秘现象颇感兴趣，并试图以科学角度做出解释。对此罗布顿珠表示出些许疑虑：“科学解释?科学能解决全部的心灵问题吗？”

在他看来，修行是为了医心。现代化的医疗手段虽然先进，但这里毕竟是西藏，在一个多世纪以前，这个神秘之地鲜有人能踏入。

身体不舒服时，需要找医生治疗；心灵上生出了病症，便需要相应的疗心方法。

在疗心的过程中，藏地的人们开始认真地看待死亡，也认真地看待生命。但这也绝非要人们完全抛弃世俗生活和现世人生而一生都在山洞里禅坐、修行。米拉日巴虽然在深山中苦修数十年，但他到底有《米拉日巴道歌集》传世，其中既描写了修行之大乐，也揭示了他所处的那个时代的丑恶现象。

出世与入世，融为一体。既然认真看待自己的生命，那么我们也认真地看待一切众生的生命吧。

所有的修行者，他们发起大菩提心的那一刻，或许就是先从珍爱自己的生命推而及之到世间诸有情众生。自己被烦恼、痛苦所累，自己对无常有了痛彻的感受，这才能推己及人，生出慈悲。

生命无常。那些虹化的高僧，他们只是比我们早先悟到了这个真理，早一步踏上了证悟的道路而已。那高山间的虹光，直指远天佛国，而所谓的“佛”，他一直都在我们的心头端坐。

世间一切都在改变，这才是生命的常态。无常并非完全象征着坏灭，无常也是新生。空中的虹光绚丽夺目，但它们最终还是会隐向天际。对于觉悟了的心灵来说，山河大地、人间百态不过是心的游戏。那些圆寂的高僧，他们寿终正寝之时给世人做了最后一次开示，并用这种方式来撼醒那些沉迷于物欲快感、追求身体刺激的众生：

死亡既是生命无法逃避的真相，也是生命状态进行转化的一个开始。

高山间的虹光，既是修行人证悟得道的标志，也是万法皆空的教示。

Chapter 3

圣坛中，那绽放的莲花

在藏区，没有人不知道度母，这位“世间三殊胜之神”。在以生存环境严酷而著称的青藏高原，度母以其“度世间诸种苦难”的慈母形象，不仅给予人们心灵上的慰藉，还提供了宗教信仰上的护佑。

若是你能走遍藏区那些大大小小的寺院，你便可以看到那些不同色彩、不同法相、造型优美的度母。度母既有令人心悦的美貌，又充满了慈悲、智慧，她赐予众生富饶、丰裕、战胜困难的勇气，她能摧毁世间障碍，消除病魔业障，护持世间众生，她以不同的化身示现，利益众生。

01 PART

据说，她们是观世音菩萨的两滴泪

从前，观世音菩萨路过雪域大地时，对于苦难中挣扎的人们生起了大慈大悲的度化之心。于是，他不辞辛苦地救度着这里的有情众生。他原本以为自己这样努力地救度，一定会使无数众生得到安乐。可是某一天他发现，在恶道中苦苦挣扎的众生并没有丝毫减少。

见到那些受尽苦难却不知觉悟的众生，观世音难过得落下了眼泪，那泪水渐渐地汇集成大江大洋。从这眼泪中又生出了一朵晶莹圣洁的莲花，莲花中化现出度母。度母安坐在花瓣上，她说：“千万不要灰心呀！请让我帮您一起救度雪域高原的有情众生吧。”

这位美丽的度母从观世音的泪水中化现而生，人们说她是观世音的化身，是为了救度雪域高原的人们而专门化现出来的。

另一则传说中说，观世音菩萨在目睹了六道众生的苦难之后，痛心地落下了两滴清泪。那两滴清泪尚未落到雪域大地上时，便在诸佛的加持之下，分别化现出白度母和绿度母。她们恭敬合掌，对观世音言：“我们愿意做您的左膀右臂，和您一起度化世间有情。”

这两位女神怀着慈悲之心和救度众生的誓愿踏上西藏大地，开始了利乐众生的度化事业。她们誓愿令一切众生成就各种事业，心生种种欢喜，乃至解脱生死苦海，趋向涅槃。

在佛经典籍中，我们还能看到关于度母起源的另一种说法。《佛说大方广曼殊室利经观自在菩萨授记品》如是写道：

尔时观自在菩萨摩诃萨。顶礼尊足赞如来已。还就本座作如是言。此陀罗尼过去诸佛毗婆尸等。及我世尊释迦如来。所共宣说随喜印可。及于未来弥勒世尊。阿僧祇等一切诸佛。亦当宣说。作是语已。入于普光明多罗三昧。以三昧力。从其面轮右目瞳中放大光明。随光流出现妙女形。住于殊胜妙色三昧。无价杂宝而为严身。如融真金映琉璃宝。所谓成就世出世间密言之要。能息众生种种苦恼。

亦能喜悦一切众生。遍入诸佛法界自性。由如虚空平等住故。普告众生作如是言。谁在变苦谁在流溺生死海中。我令誓度。

多罗者，为梵文音译，即印度佛教中所称之度母也。从佛经的记载可知，度母是从观世音菩萨眼中所放光明而生，她化现为曼妙女子的外形，将端严和美丽完美地融于一身，这种恰到好处的庄严感使得世间有情更加乐意亲近于她。

在藏族群众的心目中，度母不仅拥有少女的美丽姿容，而且还有着慈母一般的悲悯心肠。当众生处于苦难中而无法解脱时，度母总能用她的力量给人们以解救。当人们被各种烦恼、痛苦、恐惧折磨时，度母用她温柔的女性力量，抚平众生心中的烦恼和恐惧。关于度母救苦度人的传说，我们总能在许许多多朴实平凡的藏族老百姓口中听得。当他们讲起这些故事时，眼神中充溢着的光彩将雪域大地上的一草一木都映照了出来。

公元7世纪，松赞干布在平定内乱之后，把目光锁定在尼泊尔，这个与西藏毗邻的富庶国度。他对朝中群臣说，自己梦到一个美丽的女子来到面前，自称是天女，现在化身为尼泊尔的尊贵公主，若能将其迎娶回来，便能使殊胜稀有的善法散播于世间。

松赞干布本无须多言，因为聪明的大臣们已然心领神会。有人说，尼泊尔的尺尊公主美丽高贵，与赞普正是匹配成双的一对璧人。

那时的尼泊尔作为吐蕃的属国，自然不能回绝松赞干布的求婚。于是，尺尊公主带着丰厚的妆奁，乘着白象款款地走向吐蕃，在蕃尼古道上，留下了一段段动人的传说。这些传说幻化成老阿妈手中的转经筒，幻化成风中飘动的经幡，幻化成此后慈悲的熏风，吹拂着雪域大地的每一个地方。

随尺尊公主一同来到吐蕃的还有一尊释迦牟尼八岁等身像和一尊旃檀度母造像。可知，度母信仰早已有之，而尺尊公主的这尊度母造像，则把这位美丽慈悲的女神从天宫迎请到了人间。从此，度母崇拜便在雪域大地上落下根芽，结出花果。花果的芬芳让生活在严酷环境中的藏族老百姓们看到了美好生活的希望，他们确信，当自己匍匐在这位女神的面前时，命里所求、心中所愿必定会有实现的那日。

自从度母降临在雪域高原上，整日与酷寒相伴的人们就有了心灵的依托。当然，即便没有度母，他们的心目中还会住进其他的神灵。但是，这美丽又颇具亲和力的救度之母，因其女性的柔美力量、悲天悯人的心肠和美丽端庄的相貌而赢得了大多数人的喜爱。

藏语里的“卓玛”便是“仙女”“度母”之意。每一年，都有无数个女孩子降生在雪域大地上，这些女孩子中的相当一部分都被取名“卓玛”。卓玛，卓玛，她们被家人疼爱地抱在怀中。不难想象，当这些女孩子的亲人们笑着喊出她们的名字时，该是怀着何等喜悦的心情啊！

02 PART

玉叶世界，度母居住的地方

度母所在之地，名为玉叶世界。它就在普陀珞珈山脚下，那是一片清净美丽的佛教圣地。世上一切美好的词语都可以用来描绘它，但总是难以如实地将其描摹出来：茂密的树林，苍翠的枝叶，幽静的溪流，空中弥漫的馥郁香气，耳边不时响起的鹿鸣呦呦。闭上眼睛，你尽可以去想，这是一个多么美妙的地方。

在印度，度母也称“多罗菩萨”。传说中她本是一位貌美智慧的印度公主。过去无量劫前有位鼓音王如来，在他住世说法的时候，有位貌如梵天女神、智慧如文殊菩萨的公主，由于宿世积累下的福德而在此一世结出果实，她的内心柔软慈悲，常以无价宝物布施众生，供养僧伽。

如此，据说经过了整整一千万亿年的虔心修行，智慧慈悲的印度公主终于积累起福慧二资粮，由于因果已熟，她可以转为男身，继续修行。可印度公主却发大誓愿，愿以女身度脱世间有情，念念救护苦难众生。

此后随着时空的流转变迁，这位发菩提心的印度公主成就佛果，利益众生，被后人尊为“度母”。所谓“度”者，即救度众生，拔除苦难，不仅自度，而且度人，既能自化，亦能化人。而“母”则暗喻着其为众生之母源，从她心上，化现出世间万象，她对众生常怀慈悲，犹如慈母，无论世间众生犯下多大罪业，她都不舍不弃。

在汉地，人们遇到了难心的事情往往习惯跪拜观世音菩萨。藏地也是类似，人们在生活中遇到了痛苦和难处，亦是先想到那位神情安详、目光慈悲的度母。度母以其温和沉静、慈悲智慧的女性形象慰藉了人们的焦虑，缓解了心底的恐惧。度母身上散发出的力量充满着浓烈的母性情怀，带给众生关怀与呵护。

度母的化身有许多种，除了白度母、绿度母、金刚度母这些为人熟悉的形象之外，还有救八难度母、红度母等等。之所以要以不同的形象示人，是为了满足不同信徒们的心理需求，但不论是哪一个化身，其基本都是以解救众生出离苦难为根本目的。

度母不同的身色形态、手印乃至身上披挂的饰物，都有其表法意义。根本绿度母的身色呈深绿色，现十六岁妙龄女子相，一面二臂，面庞美丽柔和，慈悲沉静，头戴五智宝冠。她双腿盘起，坐于莲花月轮宝座上，右腿略前伸，左腿则弯曲，右手安于右膝上，结施愿印，两手指间还拈有一朵青莲花。绿度母左手安置胸前，手中亦有一朵青莲花。度母身上戴有各种璎珞、手镯、手钏等，身上着有层层衣裙，以示庄严。

绿度母的身色象征着诸佛化度众生的事业。绿色，一种沉静安宁的气质，生命搏动的希望。它柔和着人们心底的愤怒，温暖着世间的冰冷，瓦解掉人与人之间的心墙。绿色本身就带有孕育和创造的意味，这样的颜色与柔美慈悲的女性形象结合在一起，总是给人一种灵魂被净化、烦恼被涤净的感觉。

右手所结的施与印，象征着予人希望，世人的一切美好愿望皆能满足，同时也给人保护，使众生常处安宁之中。左手的食指、中指和小指同时竖起，这是结宝印，象征着佛法僧三宝。

度母左右两手都持有乌巴拉花（青莲花），花枝上不仅有盛开的花朵，而且还有饱满的果实和花蕾。已熟之果实，象征着过去诸佛，其中又以迦叶佛为代表；盛开之花，象征着现在佛，亦即释迦牟尼佛；未开之花蕾，代表着未来佛，即弥勒佛。一束花枝，将过去、现在、未来三世诸佛都象征在此，在我们看到度母的此时此刻，我们便与三世诸佛相融。度母为三世诸佛之化现，诸佛之心即是众生之心，心佛众生，是无差别。

白度母也是被众多信徒所熟知的一位本尊，她身色洁白如雪，晶莹纯净，面庞端庄安详，略露微笑，法相沉静，令人一见便生出无量欢喜。她头戴宝冠，身披天衣，宝钏璎珞缠身，结跏趺坐于莲花月轮宝座上，右手结施愿印表示救护苦难众生，左手持一莲花，花枝上通常有三朵花，一朵含苞待放，一朵微张花蕊，一朵全然绽开，象征着佛法僧三宝具足。

也许你很少听说过红度母，但作为观修的本尊，藏传佛教萨迦派尤为推崇。红度母全身红色，如同红莲一般绽放在尘世，红色也象征着她是诸佛密语之化身。红度母现十六岁少女相，慈悲中兼带妩媚，端严处更显多情。一面二臂，面露喜色。结跏趺坐于莲花日轮宝座上，左手放于胸前，拈一乌巴拉花，右手持一铁钩，置于右膝上。

每次德吉卓嘎讲述起度母故事、法相表意时，她的眼神里总会流露出别样的光芒。她说，在藏族家庭里，度母是人们天天供奉、祈祷的一位菩萨。每天清晨，人们早早起来煨桑焚香，除了要供养度母，还要供养、祈祷每个家庭选择的护法神、本尊、地方神等等。虽然每个地区、每个家庭、每个家庭成员尊崇的神佛菩萨不尽相同，但度母却是不可缺少的一位，人们向度母做出的祈祷内容，大致上既有希望度母保佑自己生活幸福美满、早日度过生活中的困厄，也有祈愿世间一切众生悉能平安喜乐、早日得脱轮回苦海。

“在我的记忆里，永远有这样一幅不褪色的画面：清晨时分，母亲在佛堂前端着火盆煨桑，她轻柔的声音渐渐响起，渐渐地那吟诵声变得清脆而响亮——二十一度母礼赞，这是我从母亲那里学会的。”德吉说她的母亲不论是在行走时，还是在做活儿时，总会不间断地默念度母心咒。

德吉还说，在藏区，像她母亲这样，一天的生活从信仰开始的人有千千万万。

无论是悲悯众生的大愿，还是希求一己幸福的小愿，在度母看来凡是如法如理，那么皆是应该帮人实现的。想起少女时的自己喜欢上了一个男生，我便把心里的话说给母亲听。母亲听后从不责备我，她脸上只有浅浅的笑，这笑容告诉我，我的心事她全知晓。现在想来，众生在度母面前的种种祈愿和倾诉，与子女在母亲面前袒露心事又有什么不同呢？

在过往的岁月中，我无数次遭遇生命中的变故。那些写满烦恼的日子里，我几乎天天站在度母唐卡像前，不想希求什么，也未曾想过让那痛苦快快过去。我只是在心里说，度母，请让我的心静下来吧。

可也真奇怪，当自己不怨恨也不希求的时候，内心变得平和又安静的时候，生命中的故事便出现了惊人的反转。我不知道应该把这“苦尽甘来”归功于度母的庇佑，还是归结为自己心中的“正能量”。

那时候觉得熬不过去的难事已经成为过往。拈花一笑的度母依然以一种佑护苍生的姿态端坐在莲花宝座上。

玉叶世界，该是一个多么清净殊胜的所在，而我们也只能通过文字记载来想象出那里的美景。

其实我知道世上还有一处殊胜的地方，它离我们很近，那便是我们每个人充满慈悲喜乐的心。

03/
PART

庙宇中的慈悲光芒

如果你到过藏区或者藏传佛教寺院，那么你一定会对一位美丽又和善的女性神灵留下过难以磨灭的记忆。她同其他佛菩萨一样，被供奉在殿堂里，微笑着俯瞰大地苍生。

当藏族同胞们说起他们的“救度之母”时，脸上满是庄重和敬佩的神色。度母与观世音菩萨、莲花生大师同被人们尊奉为“世间三殊胜神”。每每遇到什么难解的事情，人们总会将心中所有的虔诚供奉在度母像前，期盼着这位素以慈悲为怀、度人苦难而著称的女神将自己从人生的苦海中搭救出来。虽说佛教肯定人的自证自度的能力，但也总需要有人引领才能踏上自性觉悟之路。

无疑地，最具母性魅力的度母女神既是至善至美的化身，也被信仰者认作是人生困厄时的陪伴者和保护者，她为信仰者提供了一种强大的精神力量，帮他们安然度过黎明前的黑暗。信徒们的血液里奔流着虔诚和忠实。

个人的苦难与不幸，在历史的长河中也不过是一朵苍白的浪花。但在度母看来，即便再卑微的生命，也都具备圆满光明的佛性，自然应该使其远离苦难，趋向喜乐，踏上觉悟的正道。

当年，那位威武善战的吐蕃赞普松赞干布为祈祷国运昌隆，特地请人修建了一百〇八座神殿，在这些神殿中就包括多康隆塘等度母神殿。后世也有人说，这数量根本不对，当时松赞干布的精力都放在领土扩张上，尽管有心弘扬佛法，但也根本没有那么多的财力物力花费在数量如此之多的神殿建造上。不过，建造神殿这事应该不假，只是数量多少而已。

在藏区，不管寺院庙宇的规模大小，几乎都能见到受众生供奉的度母造像。在每年藏历的某些特定日子，寺院里还要举行会供仪轨。举行会供不仅可以除人们生活中的各种逆缘，使人们保持内心的平和，开悟智慧，而且作为超度亡灵的仪式，还能引领一切众生往生善道，若是得遇善法，机缘合适，那么结出善果，开悟解脱也并非全无可能。

第一次见到白度母唐卡画像，是在扎西达娃家中。唐卡上的白度母展露出温静安详的笑容，令我望而忘忧，继而身心清爽，满怀安宁。

作为观世音菩萨的一种化身，白度母与无量寿佛、尊胜母合称为“长寿三尊”。在藏族同胞看来，白度母是美丽、智慧、财富和长寿的象征。藏传佛教中的诸多高僧都将白度母尊奉为本尊，不仅每日加以修持，更成为老百姓们祈祷安康、祈求财富的对象。

在藏传佛教各宗派中都有各类度母的修持法门，但听扎西说，以白度母为本尊的修持法门更为普遍，而扎西达娃的家族正是以修持白度母的法门和仪轨为主。

“小时候我听阿妈说，有了什么不开心的事，或者遇到了什么困难，都可以向度母祈祷。只要诚心诵持白度母心咒，必定能消除一切魔障、业障。”扎西说她家的情况并不好，常年生病的父亲、先天残疾的妹妹，但这些痛苦并没有成为母亲心头的巨石。

之前，也常听她说起自己家中的难事，我也曾由衷地钦佩扎西的母亲坚强又乐观的性格。当扎西把她那生病的父亲和残疾的妹妹坐在一起祈祷时的照片拿给我看时，我看到的却是两个散发着光芒的灵魂。照片上的小姑娘虽然面庞清瘦，但双目却透着清亮，嘴角微微翘起，那一抹浅淡的笑容里隐藏着外人不易察觉的对未来生活的向往。在她身边,是一个高高瘦瘦的男人,面色发灰,背有些驼，想来是经年累月地被病痛所缠才会呈现如此的生命状态吧。

他们两人静静地被框定在一幅画面里，背景色调透露出一种生命的破败感。照片里虽满处是灰白色调，可唯有那清透的目光在告诉着人们，他们在努力地活着，不仅努力地活下去，而且不带怨恨地、平静又坚韧地活下去。

“每天阿妈都会对着白度母的唐卡画像祈祷，每天她都对度母说很多话。每当家中的情况比之前略微有了些好转，阿妈的脸上便舒展出欣慰和喜悦的深情。”扎西心疼着阿妈，也心疼久病的父亲和残疾的妹妹。于是，度母像前便又多了一个静默祈祷的身影。

我没有来过昌珠度母殿，只是听身边友人讲述起关于它的种种，听得多了，便约略有了印象：昌珠度母殿于公元 7 世纪中叶由松赞干布建立，它应该是吐蕃大地上建立起来的第一座度母殿。自此以后，专事供奉度母的圣殿便在雪域大地上接连建起。

一座座圣殿拔地而起，散发着袅袅熏香，随之升腾的便是对度母的崇奉。这样的情感很是微妙,其中包含着敬畏、感恩、喜爱、依赖等种种情感。

再没有哪一尊神被人们施以如此复杂的、多样的情感而供奉起来，至少在这个地方，就是这样。大昭寺度母殿、塔尔寺度母殿、聂塘度母殿……千余年的时间一闪而过，它剥落了昔日的金色流光,黯淡了殿上的灯烛蜡台。但有些场景,一直在反复上演着。朝拜的人群，幽幽燃起的香烛，就连祈祷的内容也大体上没有什么变化：

大慈大悲的度母啊，祈请您保佑我们一家平安幸福、长寿健康，保佑我们能成就事业。

佛陀说，有求皆苦。可人活世间，对一些事情还是会生起渴求之心的，比如财富，比如事业，比如爱情，比如健康的身体和姣好的容貌。

度母垂眸凝望众生，众生的正当心愿，她都要满足。不论是祈求获得智慧、美貌，还是财富、健康，只要能利益众生，度母便都要施与。

众生心头安乐了，才能引领他们走上最终的解脱大道。

有些时候我会觉得，当我们俯身朝拜自己所崇奉的对象时，倒不一定真的要希求些什么。我们只是需要有这样一种力量来作为自己倔强地活下去的支撑。众生皆有佛性，心性本来光明。佛教给世人树立起一种独立圆满、不假外求的人格境界。但是，当人类面对生命中的沉重和变故时，还是需要有一种力量陪伴在自己左右。这种力量必定是既温暖又坚强的。

这样的力量，我往往先从那些心怀慈悲的人群中找到。这样的力量，我也曾在庙宇中、在圣殿里感受到过。

多年以前，我与她的目光在殿堂里相遇。那时候我读不懂她的安详与沉静，只当她是一尊“有求必应”的神灵。那个时候，我对度母只是心怀敬畏，甚至害怕接近她。

这些年来，我如同游子一般地在人生的境遇中晃来荡去，直到有一天我累了也倦了，于是想起了母亲慈祥的笑脸，想依偎在母亲的身边静静地睡去。我的母亲一定会张开怀抱，对我说：“好孩子，你终于回家了！”不论我走了多久，我回家之后，定然会看到一张迎接我的笑脸。

直到我在尘世间转了好几个弯，被自己的心魔搅扰得烦恼至极时，我再一次于圣殿中与度母的目光相遇。“孩子，你回来了？”一个温柔的声音在我耳边盘旋。

我是个顽劣固执又喜欢行走的孩子，我学不会控制自己的情绪，难以调伏心头的魔障。我懒散，我贪玩，但今天，至少是此时此刻，请接受我恭敬的朝拜。

——嗡、嘛、呢、叭、咪、吽。

Chapter 4

转山，转走你内心的苦乐

记得多年前看《转山》，里面那么多或励志或哲理的台词中我唯独记住了这句："我热爱生命，所以我必须走出去。"然而直到亲眼看到了转山归来的人，望到了他们纯洁透彻的眸子时，我才真正地对这句话有所体悟。

在大多数人看来，人生只有这一世，在这短暂的几十年中要做的事情那么多，怎么还有闲情绕着山行走？这样做到底能得到什么呢？一位转山归来的阿妈见我满脸愕然，指着自己的心口说："这里，没有了愤怒、贪婪、嗔恨，我过得就快乐。"

01 PART

神山圣湖前的致敬

西藏的神山圣湖有多少，恐怕连那些自小便生长在雪域高原的朋友们都无法说得清。“天上星星有多少，雪域上的神山就有多少；天上的星星数不清，雪域大地的圣湖难记清。”在火车上为了解闷儿，与我们同行的一位藏族姑娘时不时地就小声哼唱起这首民歌。我曾向她请教过这首歌的名字，因为我很喜欢那简单悠扬的旋律，但姑娘却说这是她小时候奶奶唱给她听的，歌曲的名字究竟是什么，连她自己也不知道。

“每一座山上，都有神灵居住；每一条湖中，都有龙神静修。”这个藏族姑娘鼓着红扑扑的脸蛋说，对我讲起她们老家那里的情况，她的眼神里闪现着纯洁高贵的光芒。“每一块石头都有灵魂，每一棵树也是这样，所以，不可以不去善待一切啊。”

藏北牧民在《赞山词》里说道：“北有神山40座，南有神山40座，是南北各部的保护神。东方的玛加崩热山、西方的冈嘎底斯山、南部的卡瓦嘎布山、北部的念青唐古拉山，这四座山是全藏的守护神。有三个外溢湖，上部的玛旁雍措湖，像金灯的酥油往外溢；中部的纳木措秋莫，像银杯的净水往外溢；下方的赤雄加姆湖，像螺盘的牛奶往外溢，这三个湖也是全藏的守护神。”在火车上也曾听友人们说起这《赞山词》，只是因身体上实在觉得疲累，以至于大家说的是什么，当时就完全不记得了，好在一路上唱着民歌的央珍姑娘很有心，待来到了住处，她还不时地提醒我“赶快去查资料吧”。

可她哪里知道，资料上的文字再详尽、图片再壮丽，还是不如亲眼去看过、亲身游历后的感受。可我又哪里知道，如果真的要把这些神山圣湖都看遍，那真的是不太容易达成的梦想，且先不说眼下自己口袋的钱够不够，即便有钱有时间，但如果没有好的身体也是不能够实现这个梦想的。

我把自己的顾虑告诉了央珍姑娘，央珍很爽朗地笑了：“一个梦想也可以分成好几次来实现嘛，即便没有完全实现，但至少你完成了一部分，算是没有留下什么遗憾。”

央珍的话让我想起一位旧时同窗：他心爱的女孩进藏支教，而他在安排好其他事情后也紧随女友的脚步来到了这个与他自小生活环境完全不同的地方。从开始的完全不能适应到现如今几乎成了个“西藏通”，可能这正是与他最初的“跟随真爱而行”的梦想有关吧。虽然两人最终还是分开了，但他说过，自己为了梦想所做的事情，一件都不会后悔。

曾经就很想来到这神山圣湖边，向它们默默地致敬。还好，多年前的梦想没有放弃，此时此刻我也深刻地感觉到，凡是决定好了一件事就着手去做的人，即便没有做成也毫无怨言。反观那些口谈梦想，却把身心永远停留在舒适区的人，他们多半儿连后悔的资格都没有。

来到西藏，可以有成百上千个理由，比如上面提到的那位追随心爱的姑娘来支教，或者为了到自己日思夜想的地方来朝圣，再或者纯粹因这里迥异于其他地方的湖光山色而乘上火车、飞机来观光。人们常说，不论什么事情，一旦目的性太强烈，那么动机必然就不那么纯粹了。但我却觉得，不论来西藏的目的性究竟怎样，只要踏上了这块土地，之前的那些肤浅基本上也就被融化尽了。

若说起为何自己当初突然决定非要到西藏走一趟，其实我自己也难以说清。早先接触到的关于西藏民俗风情、历史文化的那些书籍无疑是将西藏这幅画卷展现在自己眼前，而真正促成此次出行的，到底还是自己的那颗初心。

我这个人，对于那些散落在民间的种种传说故事最感兴趣，说不清这是一种怎样的情愫。一直对于正史上的记录不怎么敏感，反而是那些散发着神话气息、充满着浪漫色彩的民间传说故事最能吸引我。

以往，每每觉得压力太大、心烦神躁时，我总喜欢读一些民间传说，把自己与生活隔开，暂时流浪在传说故事里那些瑰丽的场景中。有时甚至在想，说不定某一天，自己就能来到传说故事中提到的某个地方，说不定真的就会遇到故事里提到过的某个神灵呢。

藏族民间有“羊年转湖，马年转山”的说法。所以，每逢藏历马年的八月份，总会有大量虔诚的信徒远道而来，来到心目中的神山脚下进行转山、朝拜。据说在苯日山还会举行盛况空前的“马年大转经”祈福活动。在民间传说中，苯日山的山神生肖为猴，因此每一个猴年，都有信徒以叩长头的方式来这里朝圣，有些信徒甚至是从千里之外开始出发，一路上的辛苦、疲累以及种种难以想象到的困难，难以说尽。

这里提到的苯日山，位于雅鲁藏布江以北、林芝县普拢的东南方，乃是西藏原始宗教苯教所推崇的神山，虽然无缘一睹其那高耸入云的雄姿，也不能亲眼看到那苍翠如墨的森林植被，可关于它的故事，倒是可以和大家说一说。不过这些故事听来已久，很可能与现实情况不太一样，不过好在这也只是故事罢了。

苯教是一种原始自然宗教，在佛教传入西藏之前，它便已经在雪域大地上流传了许久。根据史籍记载，在吐蕃王朝建立之前，苯教这种带有浓郁地方性文化特色的原始宗教已在工布地区盛行开来。工布地区是苯教的发源地之一，因为苯日神山就在这里。也正因此，不论是古代还是近现代，总不乏来自四川、青海一带的苯教信徒前来转山朝圣。

苯教信徒的转山方向与佛教信徒的方向不同，他们是以逆时针的方向绕山行走，当然，也是以逆时针方向摇转玛尼经筒。据说，在苯日山上，还有吐蕃第一代藏王聂赤赞普的“降凡”处。在藏族人民口口相传的故事中，聂赤赞普自天上来到人间之后，便被雅砻人背着去到雅砻，因而成为雅砻部落的首领，还修建了西藏第一座宫殿——雍布拉康。由聂赤赞普开始的王统，在史上被称为“悉补野王统世系”。

相传，当年佛教作为一种外来宗教在传到吐蕃的过程中受到重重阻力，这其中一个很大的因素便是苯教的存在。莲花生大师进藏的路途上，便是佛苯相争、比试法力的时期。苯教信徒阿穷杰博就曾与莲花生比试过法力。那时，莲花生大师刚到达雅砻江与尼洋河交汇处，通过法力召唤风神，顿时附近的树木几乎全部要被吹倒。阿穷杰博也毫不示弱，他运用法力以一块巨石压住了树木，才幸免于难。所以，直到现在，这一带的树梢仍都是歪歪斜斜的，当地老人们说，这就是当年两位大师比试法力时留下的“证据”。

后来，莲花生大师和阿穷杰博还在苯日山山脚下的一个村庄里斗法，莲花生试图用法力把苯日山推入尼洋河，但阿穷杰博使出浑身解数才保住了苯日神山。莲花生大师也不想耽误进程，便“见好就收”，所以只有在工布地区还保存着苯教。

之前翻阅了一些资料才得知，苯日山转山一周大约是35公里的路程，通常来说，如果步行的话得花上一天一夜的时间。可是对于虔敬的信徒们来说，身体上的劳顿与灵魂上的慰藉相比，不值一提。

这里还要再说一句：苯日神山的转山道上有许多古迹，比如据说能疗愈疾病的神泉有七座苯教寺院，除此之外还有树葬区和天藏台。虽然无缘亲观，却必须要在远方献上我对神山圣湖的虔诚礼敬！

02/ PART

暮色中的庄严景象

我特别喜欢在黄昏时分散步，即使去不了，只要日头西沉、晚霞映空、暮色袭人时，我也会来到窗前，望着远天的落日余晖，望着笼盖在大地上的一片暮色。这个时候，我的内心总是会沉静下来，而我行走在拉萨时，无论什么时候，我的内心亦很宁静、安定。

说来很是惭愧，初到西藏的那几天整日都昏昏沉沉的，不想读书，不想写作，也没心思与同伴聊自己的出行感受。每天只是少量进食，使劲睡觉，总想着用这简单的方法来克服高原反应。但是我来到拉萨的第二天，就被暮色中的庄严景象震惊了。

那天下午大概是因为自我感觉还不错，一度认为体力已经恢复，再加上又来到了这心仪许久的地方，心中总是荡漾着抑制不住的兴奋和激动。于是我便对央珍说："陪我出去走走吧。"

央珍平时话很少，只有在她觉得特别无聊的时候才会以唱民歌的方式来排解寂寞。虽然平时她给人一种静默朴实的印象，但却是位不可多得的好向导。她看得出我的疲累，也明白我此时对这块土地的爱恋。她没有大谈特谈拉萨的那些甜茶馆和酒吧，也无意于强调这里的居民生活幸福指数是多么高，乃至姑娘们的高贵典雅，小伙子们的好客热情，以及老年人的慈祥虔诚。她只是陪着我走，用夹杂着浓重的后鼻音的声调说："看前面！"

起初，我以为央珍是要指给我看某位装扮个性的流浪歌手。在拉萨街头除了从远地而来的朝圣者之外，还有为数不少的流浪歌手，这些"藏漂"吟唱着或热烈奔放或抒情柔婉的歌曲，沉浸在各自的音乐世界中。在我听来，他们的歌声不论是充满了沧桑和风霜，还是揉进了缠绵与情义，那动情的声音与佛音梵唱同样都具有一种直击人心的力量。

但很可惜，我猜错了，央珍要指给我看的是两个苗条颀长的身影，那两个身影就晃荡在我们的正前方——那是两位披着余晖行走在街头的藏族女子。之前常听央珍说，拉萨居民都是一群与佛相伴的人，他们平和从容，眉宇间藏满了吉祥与平安。虽然曾经接触过的藏族朋友中有不少是来自拉萨的，但真正在拉萨街头遇到两位体态婀娜、举动从容的拉萨女子，这还是头一次。开始我还在想，或许是其他地区的藏族姑娘到拉萨来游玩吧，但待我们紧走上前，闲叙几句之后才彻底确定了她们就是拉萨本地人。

原本只是想向她们问路，毕竟央珍不是拉萨本地人，即便她之前到过拉萨出差，可对这座城市也谈不上有多熟悉。开始我还心有顾虑，生怕两位姑娘见我面生而冷淡相对。但出乎我意料的是，这两位姑娘不仅很热情地帮我们指路，而且还和我聊起某某甜茶馆的生意有多么好，那小小的茶馆里每天都是客人爆满云云，然后又谈起某某酒吧颇具一种“艺术家的气质”，并强烈推荐我们前去坐坐。

与这两位拉萨姑娘的闲谈缘起于我对这座城市的爱与好奇，本也没打算要与她们这样边走边聊，原以为只是在问过路后，我们便各自走各自的路。说来不怕大家笑话，以往出差或是出游，在向别人问路时我心中总是一阵忐忑不安，因为在问路的过程中尤其能感觉到一些个人的凉薄和冷漠以及对人心的欺哄。记得有一次出门在外时找不到路，黄昏的街头冷风吹过时，从身体到内心都涌起无限寒意。但在几次问路之后，心更觉冰凉到底。不过还好，总算是在一位热心的当地人的详细指点下顺利找到了目的地，可我从此却对“问路”这件事情愈发地感到恐惧了。

其实我自己也知道，所谓恐惧不过是心底的执着占了上风，而生活便是，不管你是否恐惧，如何恐惧，它都得继续。我选择把心底的这些恐惧一一说出来而且丝毫不觉得有什么不好意思。后来央珍问我，为何只是萍水相逢就能与那两位拉萨姑娘相谈甚欢。我说，我在她们的眼底看到了一种情感，叫作慈悲。正是因为这种慈悲，她们不仅热心指路而且还叮嘱我许多。当她们听到我曾经历过的那些不快后，又连声安慰说：“一切都过去了，总会好起来的。”人与人之间的那种信任以及关怀，犹如暖风一般吹去我身心的疲惫和焦躁。于是我想，是不是只有在这座与佛为伴的城市中，才会有如此待遇。

我和央珍与那两位拉萨姑娘走了一段路，很长的一路段，然后又拐了个弯，我没有关注街边的店铺，也没有留恋从店铺里飘来的人间烟火气息。只是街上传来混合着各种音色、各种风格、各种曲调的来自街头歌手的歌声，我听后不禁笑起来，其中的一位拉萨姑娘也笑了：“这边，到了晚上更热闹了，你们可要玩得开心些啊！”

我点头道谢，央珍问:“你们这是去哪里呢？是要回家了吗？”两位拉萨姑娘笑得更起劲儿了，她们指着前方说：“你们打算去的地方，就是那边了，路记得了吧？非常容易找。其实在上一个拐弯处我们就该停步回家了，但是怕你们找不到路，干脆就带你们走一趟吧。”

暮色在我们周围渐渐晕开，看来确实到了分别的时候了。但我还是很想再问她们一个问题，虽然这个问题听起来有些失礼：“那个，你们这里会不会有那种习惯，就是不要和陌生人说话。”

“这怎么会呢？人与人的相遇是要靠着缘分的，既然是佛菩萨的安排，又何必拒绝掉呢？”拉萨姑娘眨动着一双明眸。然后我们互道“再见”，看着她们优雅地转身、向前走，两抹身影在暮色中慢慢变淡。

其实，拉萨的暮色于我而言并不能勾起多少诗意的感受，只是当我看到暮色中那些或缓缓行走或满面庄重的行人时，我只觉得自己身在另一个世界，这个世界里人人都是慈悲的，这个世界里的暮色中总是流淌着庄严的色彩。或许在有生之年的其他地方，我也会在暮色中生起这样的感受，可是叫“拉萨”的地方毕竟只有这么一个。于是，我们在这暮色中带着一颗恋恋不舍的心返回住处，一心只想着这几天的行程安排。可在某一个路口拐弯时，迎面却见着一张挂满笑容的脸，“扎西德勒”的问候声柔柔地升起，那是一个有着质朴面容的藏族汉子。在晕开的暮色中，我不断地感谢着这座祥和之地，感恩着暮色中这些庄严的身影。

03 PART

落日下的风马旗

行走在雪域高原上，扑面而来的不仅有夹杂着神秘气息的高原风，还有随处可见的风马旗。这些风马旗形状不同，颜色各异，方形、角形、条形，蓝色、绿色、红色、白色、黄色……它们整齐有序地悬挂在绳索上或树枝上。从前，还没来到西藏的时候，我便在内地的一些寺院里见过风马旗。各种各样的形状和颜色，就这一点而言，它们与我在西藏看到的风马旗真的没什么两样。

只是在内地的时候，我从来没有认认真真地观察过哪怕是一面风马旗，只是远远地看到它们时便兴奋地对身边的人说：“看啊！多漂亮！多壮观！”那是一片颜色的海洋，只是，少了那么一些动人心魄的感觉。

而这种感觉，我却在雪域大地上找到了。

那是一个暖和的午后，我跟在我的同行朋友们的身后，当时脑子里想的是什么，现在已然无法回忆起来，只是能隐约地记起，那会儿那种初来藏地的兴奋感已经褪去，剩下的唯有对劳顿之苦的抱怨。

唉，可这又能怨谁？当初听到朋友们要来西藏做研究，自己正好又强烈地渴望触摸这块被神灵护佑的土地,于是我强烈地“求入伙”，朋友们也巴不得我从一个人的世界里走出来，走到大自然之中，走进自己曾经朝思暮想的另一个世界。

像我这么一个略显缺乏耐心、对任何事情似乎都只抱有三分钟热度的人，这一路上又是晕车又是高山反应，有时候还要步行好久，真是挺磨炼自己的意志的。也正因如此，这一趟雪域之行才会在自己看来有着特别的意义。

可在那会儿——我慢腾腾地跟在大家身后的那段时间里，我却觉得自己渺小得如同天地间的一颗小芥菜籽。每当风扑到身上时，这种感觉就格外地强烈。远处是无边无际的山脉，抬头是伸手可触的天宇，脚下又是犹如通往未知世界一般的道路，每走一步，我都觉得既是迈向了前方，也是迈出了一个轮回。正当我这样胡思乱想时，却听到走在最前面的央珍兴奋地说：“隆达（风马旗）！很多！”

风马旗原本是在雪域大地上随处可见的一道人文景观。自小生长在西藏的朋友们对此都很了解，但央珍看到风中飘动的风马旗时还是很开心地叫起来。她的这股子欢喜劲儿，自然也感染了她身后的同行者们，尤其是我这个被一路上的疲累折磨得“半死半活”的家伙。

要说起悬挂风马旗的习俗，那就要追溯到古代象雄时代了，古象雄王国曾在历史上显赫一时，它横跨中亚及整个青藏高原地区,是吐蕃王朝之前存在过的一个古国。它的国土面积有多大呢?我们展开中华人民共和国的地图，看到西藏自治区了吧？看到四川、青海、甘肃、云南了吧？如此广阔的一片区域，也只不过是古象雄王国的一个部分而已。在古象雄时期，人们普遍信仰雍仲苯教，而现今藏族民众的许多生活习俗便与古象雄时期的雍仲苯教有着千丝万缕的联系，是对古象雄王国时期雍仲苯教一些习俗的沿袭，比如，悬挂风马旗、转山拜湖等便是这些沿袭下来的习俗中的一部分。

在来到西藏之前，便听到许多在内地读书的藏族朋友说，风马旗每飘动一次，便等于是自己念诵了一遍经咒。这道理，就如同许多藏族信徒手中不停转动转经筒。

以往与朋友们谈到风马旗时，我想到的不外乎是它与虔诚的信仰有关，它是青藏高原独有的壮观风景，但我却从未曾仔细地向藏族朋友请教过人们悬挂或者插挂风马旗的用意。

在远古的藏族人们看来，天地之间有无数神灵，而守护雪域大地安宁的主要神灵则是天上的赞神和地上的年神。为了能随时随地与神灵沟通，获得神灵的护佑，人们便无论是在大小节日还是在日常喜事时，总会插挂许多五色风马旗。比如在婚嫁时、乔迁新居时都会用插挂风马旗这种独特的方式表达自己对吉祥安宁的生活的渴求。所以在远古时期，风马旗帮助人们与天、地、神灵进行沟通。在藏区一些圣湖神山附近，更是能见到成串成片的风马旗，或是高高地悬挂起来，飘舞在烈风中；或者是插挂在地面，以热烈蓬勃的姿态绽放成一朵朵莲花。

同行的某位师兄悠闲地与我们聊起家常，他说有那么一个时期，自己正陷入生活的麻烦中，令人忧心的事一桩接着一桩，简直都要把身体给压垮了。既然人人都有无力承担的痛苦，也都有无法承受挫折的时候，那么倒不如让自己的心灵有一个依靠和慰藉，于是，他来到自己家乡的一座寺院，找到一位交情很不错的僧人朋友来求个宽慰。

说起来，我这位师兄的僧人朋友倒比师兄本人还要年轻好几岁。听师兄说，他的这个僧人朋友算不上身材魁梧，更称不上面目英俊，可他却有着无比深厚的慈悲心肠。在他的引导下，师兄请了一卷五色风马旗，然后又在佛堂里默许下心愿。师兄说，自己本不是贪心的人，却希望真正能够实现的愿望可以更多。如此想来，师兄反而更加焦躁了，生怕因为自己一时贪婪而招来佛菩萨的怪罪。不过，师兄的那位僧人朋友倒是有办法，他给他出了个好主意，要师兄以无比虔敬清净的信心说“愿一切众生悉皆平安吉祥”，这样佛菩萨一定会欢喜的。许愿之后，师兄便亲手将风马旗系在寺院内的经幡群上。

我很好奇的是，这个多愁善感却又沉默寡言的师兄究竟是如何走出那段人生低潮期的。面对我的疑问，师兄神秘一笑，那表情像极了庙堂里的神灵造像。我一直以为是神灵听到了他内心的呼喊，但他却说，真正听到他内心呼喊的乃是他自己。

在藏地，不仅在宗教性节日里能看到漫山遍野的风马旗，就连在日常的桥梁上、路口旁，也可以见到或高高挂起或牢牢插入地里的各色风马旗，它们在烈烈的风中伸展着筋骨。望着这些五色风马旗，我的思绪也随着那风飘回了距今三四千年前的雪域大地。那时候先民们普遍信仰苯教，他们有独特的祭拜神灵的方式。一面面风马旗，承载着先民们的祈愿，也承载着今人的祈盼。我曾在夜晚冰凉的风中望到过居所不远处的一角天空下飘动的风马旗，那是停留在拉萨时的一个寒冷秋季，尽管我也曾在不同的地方见过风马旗，但不知为何，那一次的印象最深刻。

记得仓央嘉措在一首诗里写道：“那一刻，我升起风马旗，不为祈福，只为迎接你的到来。”若有一天，我也能亲手升起一面风马旗，我想我定会祈福，不为自己，只为这福气能够降临到大地上的每一个角落。

04
PART

轻轻地，转过玛尼石堆

说起玛尼石堆，可能即便是没有来过西藏的朋友们也不会觉得陌生。这些玛尼石堆在西藏各地的路口、湖畔、山边等处皆能看到。这一座座或大或小、以石块或石板堆垒而成的石堆上雕刻有各种吉祥图案、六字真言以及神灵、佛菩萨的造像。

在没有来到西藏之前，我还仅是在摄影作品中目睹了玛尼石堆的灵奇姿态。那些玛尼石堆形态各异、大小不一，颜色也不尽相同，有些玛尼石上面刻满了经文，有些玛尼石上面则是端严慈悲的神佛形象，不过见得最多的，便是那六字真言了。等真的来到西藏，看到路边的玛尼石堆时，我反而不知道说什么了。以前脑子里反复出现的诸如“神圣”“虔诚”“朝圣”“赞美”等等字眼，已经不足以形容我初次见到玛尼石堆的心情了。

就在我盯着路边的小小玛尼石堆发呆时，有位藏族姑娘从不远处走来，她没有和我说话，只是很好奇地望了我一眼，然后，她便在玛尼石堆上又添加了一块小石子。我看着这位姑娘极为虔敬地祈祷着，她的姿态默然而又坚定，仿佛尘世间只有她与那玛尼石堆相生相伴。我不愿继续留在原地，唯恐会打扰了她，但又实在不愿离去，只因像如此这般清净空灵的姿态于世间实在难得一见。

藏族姑娘祈祷完毕见我还立在原地，笑着对我说起来吧，藏族人外出每次经过一座玛尼石堆的时候，总要停下脚步往石堆上添一颗小石头，然后还会做一次祈祷，而在外出的这一路，她经过的玛尼石堆简直是无法计数。

我听完之后傻傻地问：“这样会不会耽误赶路的行程呢？”

“没什么耽误不耽误的，在我们这里，时间过得慢得很，而且我们也从不着急赶路，都是慢慢地走呢。”藏族姑娘站在我身边，告诉我她来的这一路上看到了好几座小小的玛尼石堆。从她家到她表姐家，其实路程并不远，但因为从不着急赶路，所以她这样慢悠悠地走来觉得是一种人生享受，而不会感觉到疲累。

想想在内地时，每一天自己都是“赶”着过日子的：早晨起床后要赶快地洗漱、吃早点、整理房间，然后又要赶进度，比如书稿的进度或者其他事情的进度，就连约见某位朋友也要赶着去并且赶时间谈事情。每一天自己都如同上了发条一般，却丝毫没有发觉自己那颗原本柔软的心在这“赶”着过日子的过程中已经变得僵硬如铁，狭小得容不下任何异于自己想法的见解存在，它坚硬得感受不到生活中的苦辣酸甜。如果说眼前的玛尼石堆犹如莲花散播着清香芬芳，那么自己这颗坚硬的狭小的心，便如一块废铁无异了。

如何让自己的身心柔软地活在世上，我觉得比研究如何赚钱要紧迫得多。尤其是在目送那位藏族姑娘远去之后，我学着她的样子，也往玛尼石堆上放置一颗小石子时，我既喜悦激动又觉得庄严无比。尽管我不知道该按照怎样的仪轨来祈祷，也不知道到底要祈求些什么。

在那个时刻，大地上一片宁静，但风吹过来时还是把远方的讯息带到我的心里：我知道在另一片大地上，那里生活着我的朋友和亲人，他们日复一日地用一种心急火燎的姿态在填充着各自的人生。他们心中有的是放不下的人和事，他们从来不肯让自己停下来，也从不肯慢慢地行动。

我知道，像他们这样一刻不停地“赶路”的还大有人在。曾经我就是这样生活的。因为在我们的观念里，任何对于时间的浪费都是不可饶恕的错误。

我们麻木而快速地行走着，但双脚却始终没有真正地贴近过地面。

在三百多年前，有一位藏传佛教大师——嘉那活佛在今青海玉树创建了玛尼石堆，经过不断地积累，玛尼石堆的规模越来越大，现在已经成为世界上最大的玛尼石堆。之前听央珍说起玉树新寨的玛尼石堆时，她脸上满是欢喜的深情。这位从小浸漫在佛教文化和虔诚信仰中的朴实姑娘，说她第一次来到玉树、第一次见到新寨玛尼石堆时，整个人都被震撼住了。新寨玛尼石堆的经石据说足有 20 亿块之多，虽然目前无缘一睹新寨玛尼石堆的风姿，但看到见多识广的央珍姑娘眼中闪出的光芒，我也不难想到，那必然是这世界上最纯净的一处祈愿圣地。

若要说起玛尼石堆的最早起源，我们还可以把目光拉得更长，一直到藏民族的早期文明时期，在苯教之前，藏族先民们便有对于高山和岩石的自然崇拜。先民们认为，山有山神，岩石之中自然也有石神。既然有神灵存在，那就必然要进行定期的祭祀活动。

在西藏的原始宗教苯教中认为万物皆有灵性，人们在自己居住的住所附近，或者在湖畔、路边等地方搭建起类似于山岩的石堆，以示对神灵的敬畏，同时也有取悦神灵，祈求神灵给予自己护佑、指引和帮助的意味。早期的石堆雕刻内容几乎全是与苯教信仰相关，诸如日月星辰、龙鱼走兽、苍鹰飞鸟以及苯教的雍仲符号等等。

但是这种古老的祈福传统发展到佛教传入藏地之后，其题材内容便大范围地扩展了。为了使藏族同胞能更容易地接受佛教这一外来宗教信仰，佛教便继承了堆建石堆祭祀神灵的传统。当然，在表现形式和内容上还是不同以往的。自从佛教传入藏地并渐渐走进广大雪域居民的心中之后，人们便开始在白色石头上刻绘出经咒和佛像，此外还有佛教中的护法神灵以及历代受人崇敬的高僧大德。据说，在雪域高原上最早出现的六字真言石刻，可追溯到两千多年以前。唐代的文成公主进藏路过玉树之后，玉树地区便出现了由汉、藏、梵三种不同文字的石刻经咒。

“玛尼”是《六字真言经》的简称，在藏传佛教里，六字真言被视作佛教经典的根源。作为佛教的根本真言，六字真言频频地出现在转经筒上和玛尼石堆上。信众们普遍认为，只要念一遍六字真言，便等同于是念诵了一卷佛经；如果反复念诵六字真言，那么功德就更为殊胜了。

在西藏的一些湖边、路口、山道旁可以见到许多规模不同的玛尼石堆，同时这玛尼石堆旁边也总会出现围绕着玛尼石堆转经的藏族同胞。最早的玛尼石多为白色，因为藏族先民们认为白色的石块最有灵性，堆建石堆的传统与佛教的大慈大悲观念一并融化到藏族朋友的血液中。他们不再是单纯的堆叠白色石块，而是用自己那颗虔敬纯明的心和一双灵巧多才的手在灵性十足的白石上刻绘起经咒、佛像和其他吉祥图案。在雕刻完毕之后，再绘以各种色彩。有人把玛尼石堆视作一种与灵魂有关的艺术品，因为每一块玛尼石上都凝结了人们对未来美好生活的憧憬，彰显出内心对此生及来世的祈盼。

如果你仔细观察过玛尼石堆，你会发现这些玛尼石中既有大如桌面的，也有小似鸽子蛋的。在大块的石头上刻绘经咒、佛像，这并不算特别困难，但如果在小块的石头上进行精细地雕刻，那可真是门考验人的功课。

原本是一块块沉默的石头，却在匠人们的手中成为有生命、有灵性的存在。在朝圣的道路上，它们便是那联结着此岸和彼岸的桥梁，贯穿着今生和来世的纽带。

在阳光下，玛尼石堆倔强而又沉默地守护着一个民族的信仰。你或许很难有机缘看到匠人们虔诚地雕绘，却不难看到阳光在玛尼石堆的经咒上活泼地跳跃。转经筒孤独地矗立在玛尼石堆旁边，它们彼此相望着，一直到远方传来铿锵的足音，一直到有一只洁净的手用力地转起经筒，然后在玛尼石堆上又轻轻地放上一块小石子，这时候，原本的沉默都被打破，大地上回荡的只是对于信仰的承诺。

现在，在一些地方发现的玛尼石堆又出现了新的题材，这些主题多与人们的世俗生活相关，比如耕地、织布、缝衣、做鞋等等，均是日常生产生活的场景，甚至还能看到举行天葬的场面。这些玛尼石堆虽然充满了浓郁的藏地生活气息，却依旧闪现出如宗教信仰一般神圣的光芒。

在青藏高原上，除了青海玉树的新寨玛尼石堆最负盛名之外，还有几处经石圣迹亦不可错过：昌都玛尼山、古格玛尼墙、康玛尔寺的石刻造像等，都有着悠久的历史。

在来西藏之前就曾听央珍说起过昌都玛尼山，它位于藏东黑昌道旁的山村里，距今已有六百多年的历史，因其历史悠久、气魄雄伟而被人们誉为是“西藏之最”。但是，我们也该知道，如果没有远近居民坚持了几百年的雕刻、堆叠，没有成千上万的虔诚信徒们的心血，也不会有这雄奇的人文景观。

在阿里古格王朝遗址处，便可见到古格玛尼墙和卵石剔刻，它们已有近八百年的历史了。古格玛尼墙上的经文咒语、祖师造像、佛菩萨像等精美异常、华丽无比，人物表情传神而生动。尽管无缘亲眼参观古格玛尼墙上那多姿多彩的画面场景，却在看到资料照片时一眼便爱上了这个地方。

康玛尔千尊石刻造像据专家考证为 18 世纪的作品，它在当雄康玛尔寺内一座神殿的一面墙上，为玛尼石刻壁画，壁画上计有佛陀、菩萨、大成就者、护法神灵、高僧大德、供养女、鬼怪妖魔等共一千余尊。这些人物表情生动逼真，从中也不难见出雕刻者的向佛之心和慈悲情怀。

如果你能找到适因适缘的机会，一定要到这些地方来。或许不为朝圣也不为参拜，仅仅只是向这不朽的信仰表达一下自己的崇敬之情。说不定你在凝视着玛尼石堆的一刹那，就能感受到那扑面而来的超凡脱俗的文化气息，只有在这雪域高原上才可以感受到的精神力量。

轻轻地走过玛尼石堆，却很想停下脚步再次俯身对它们默默地诉上一段心事。当我开始学着藏族同胞一边走一边口诵真言“唵、嘛、呢、叭、咪、吽”的样子时，央珍说：“你脸上开始露出笑容了呢。”

有多久不曾这样轻松笃定地微笑，我已经不记得了。从来没有想过去证悟自己的那颗清净菩提心，是因为过去始终在尘劳中不得出离。可是你看，雪域高原上的人们哪一个又不是身在尘劳之中呢？可你却不曾见到他们慌张而忙碌地活着、没有目标地活着。他们在赶车时、行路时，只要经过了玛尼石堆就必然会停下来，将自己的赤诚与对来世生活的祈盼一并留在玛尼石堆上。

每一座玛尼石堆都曾经是一个幼小得如孩童般的存在，它们在经过日复一日、年复一年的传衍之后，才逐渐地变高变大，这就如同一个人的成长一般。一座座小山出现在人们的视线中，一座座石城屹立在蓝天下。它们不仅是雪域高原的奇异胜景，更是一个民族的精神和信仰的象征。

不论是偏远的山村中，还是广袤的草原上，只要有人类出现的地方，便能见到玛尼石堆的身影。一块平凡的石头在匠人的手中变成玛尼石，成为灵性的存在，它总要经过千雕万刻，而匠人的双手很可能就在这雕刻的过程中被工具割伤，流血、疼痛，这些都不能成为停下来的理由。看，这个民族就是这样伟大，他们能够为了信仰而停下脚步，也可以为了信仰不停地雕琢。

当我轻轻地经过玛尼石堆时，我的思绪在阳光下闪动，忽而停留在眼前的玛尼石堆上，忽而飘飞到远古先民们对自然万物的崇敬目光中。

Chapter 5

星空下，听我讲一些故事吧

在来西藏之前，就曾听朋友们说这里是一个适合讲故事的地方，因为这个地方本来就是一个充满神秘气息的世界。内地人经常以为这里物质生活水平落后、生活环境异常艰苦，但这里却也一度出现了举世瞩目的独具异域风采的高原文明。你尽可以说这个地方不适宜居住，但从流传至今的民歌民谣、民间故事传说中却不难发现，其实这里真的是一个连接着神话与现实、沟通着过去与现在的殊胜宝地。

在这里听到的故事，有许多是之前闻所未闻的，也正是因为这些故事，才让此次西藏之行充满了更多意义。在星空下，一边喝酥油茶一边听长辈们讲故事，忽然就有一种回到了小时候的感觉呢！

01/ PART

乘愿再来的圣人们

之前在微博上曾见到一个网友愤愤地说：“这是个活佛遍地的时代。”是说现在冒充活佛或出家人、修行人而欺骗他人的事情经常发生。但在藏区，那确实可以称得上是“活佛遍地”，因为藏区大大小小的寺院本就难以计数，所以说，所谓的“活佛”一词并不准确且容易使人产生误会，简洁倒是简洁了，却给人一种“活在人间的佛菩萨”的误解。

根据藏传佛教的说法，一名有成就的修行觉悟者，他的一生都以利益众生为重，所以在他圆寂之后，若还有利益众生的心愿在，那么必然会乘愿再次降临世间，继续普度众生。

在藏地，广大信教群众对这些“转世尊者”有一个最为亲切的尊称，即“仁波切”。如果你对各类佛教读物感兴趣，那么你对“仁波切”这三个字一定不会陌生。在藏地，信徒们去拜望活佛或者谈到某位活佛时，不可以直呼其名字，一般都称其为“仁波切”，这也是在活佛的诸多称谓中使用最为普遍的一种，意为“珍宝”。对于广大信教群众来说，慈悲智慧的修行人就是他们在这个世间的依止和珍宝。

说起藏传佛教中的活佛转世制度，就得先从噶玛噶举派开始说起。作为藏传佛教噶举派中势力最大且影响最深远的一支派别，该派曾先后建立起几大活佛转世系统，其中又以黑帽系和红帽系最为著名。

噶玛噶举派的创始人为都松钦巴（1110—1193），都松钦巴在学成返回故乡之后，于1157年在昌都类乌齐附近创建了丹萨梯寺，大力宣讲噶举派教法的同时也阐述自己的佛学观点。都松钦巴的弟子多达千人，其中不乏具有社会势力的名门望族，加之其经常调解当地的重大纠纷，时常将财物布施给岗波寺等其他寺院，因而在当时的西藏社会产生了较大的影响。

公元 1193 年，都松钦巴于弥留之际曾嘱咐弟子，他还要转世再来并要求弟子们按照他的叮嘱去寻访、认定转世灵童。这便开了藏传佛教“转世活佛”之先河。都松钦巴在世时曾戴黑帽，因此这一系遂被称为“黑帽派”。但实际上，这所谓的“黑帽”是在噶玛拔希时因受蒙哥汗赐予的一顶金边黑色僧帽才得其名。不过在许多民间传说及史书里却是这样描述的：都松钦巴头上所戴的黑帽乃是由百万名空行母用头发编制而成，这顶僧帽有着殊胜的加持力，因此都松钦巴经常要戴着它。

活佛转世系统创建之后，藏传佛教其他教派包括苯教在内，也纷纷效仿起来。不同系统的活佛地位有着大小之分，有些活佛的称号可以通过格西学位来获得。

生死乃是世间最正常不过的事情，有人对此恐惧，有人对此无奈，谁都恋着生时的快乐而惧怕死时的痛苦，即便在活着时经受过无数痛苦，大部分人也会觉得这要好过生命的结束。也正因此，世人才做起了永生的幻梦，强烈地希求能够以一种什么方式永远地活在世间。

藏传佛教的这种转世说法，可并不是为了在世间继续享乐，而是有其更为重要的目的和意义，这便是继续帮助众生，帮助在尘世中挣扎的人们。只是，这种帮助众生脱离苦海的慈悲心愿又岂是靠着一世的时间就能完成的？所以，转世是为了完成一种“工作”，这种工作为的就是帮助更多的生灵摆脱生死的痛苦。这些乘愿再来世间的圣人们无非是用下一世的时间，继续做完上一期生命中未完成的事业。他们是真正大慈大悲、生死无憾的人。

备受信徒尊崇的班禅大师，被视作是无量光佛的化身。他与那许多为了救度众生而乘愿再来世间的大成就者们一样，都是为着普度众生的苦难而再次来到世间。据说，班禅额尔德尼曾有过许多个前世，这有些类似于佛经本生故事中关于释迦牟尼佛宿世因缘的记载。

成佛的善根在最初之时便已经种下，此后的屡次转世也都为着将娑婆世界里的众生引领到一个庄严安宁的国度。这些早已经获得成就的修行者们，自小便有着不同于其他同龄孩童的天赋。在文献记载中说，六世班禅尚在襁褓中时就特别喜欢亲近僧人，并且孩提时代的他就经常闭目沉思，在无人教授的情况下就能诵念六字真言，讲说《长寿经》。童年时期的六世班禅也会经常对父母说起扎什伦布寺里的情况，而且尤其喜欢亲近扎什伦布寺的僧人。如此令人称奇的事情还有许多，比如刚被认定为转世灵童的六世班禅能够准确地说出藏王颇罗鼐颈上佩戴的一串念珠乃是自己的前世即五世班禅所赠。在各种文史资料中，诸如此类的记载并不罕见。在认定转世灵童之前，寻访灵童的多是前世活佛的近身侍从，他们会拿出前世活佛生前的贴身物品或者询问一些前世活佛所经历过的重大事件，若能准确无误地指出物品、说明事件，且表现出种种异于其他孩童的奇异特质，那便可基本上断定被寻访的孩童为转世灵童无疑。

当然，寻访和认定转世灵童的实际程序远比上述的要复杂得多。通常来说，寻访和认定转世灵童的一整套程序包括了预示、占卜、降神、观湖、推断、寻访、宿通、认定等步骤，在一些特殊情况下，上述步骤有些可以省略甚至全部省略，改由世俗统治者与宗教统治者共同指认。

到了清朝，为了革除以往寻访认定转世灵童过程中出现的弊端，清政府于 1793 年颁布了《钦定藏内善后章程》，被后人所熟知的“金瓶掣签制度”即是《章程》首创。在《番僧源流考》一书中便可见到关于“金瓶掣签”制度执行情况的记载，不仅要核对签上所写的候选灵童的满文、蒙文、藏文名字以及年岁等是否相符，还要送至达赖、班禅查阅，之后将入掣各本家之人传唤来跪看签上的名字、年岁有无差错，在确定无误后即交付满印房官人觌面，以黄纸包妥后供于金瓶前。之后还要请藏族僧人诵经祝祷，“念至应将签入瓶时，喇嘛回请该帮办大臣，起立行至瓶前，行一跪三叩首礼毕，不起立，即跪将签双手举过额入瓶内，以手旋转二次，盖瓶盖，起立仍归旧座。”至此，这金瓶掣签的仪式才算进行到一半。在此之后还有念经直至掣签时，喇嘛及帮办大臣等还要行一跪三叩首之礼，礼毕，跪启瓶盖，用手旋转金瓶，掣签一枚。拆开黄纸后，要当场同看，然后唤来所掣之签上的本家人跪听并令其观签，在这之后，还要麻烦满印房官人将所掣之签送交到达赖、班禅面前阅看，之后，将所掣之签供在瓶前，并将未被掣中之签取出与众人观看，再给本家人看，以除起疑义，最后，用纸将签上所写之名字、年岁擦去。

从文史资料记载的关于清宣宗时期十世达赖“金瓶掣签”仪式的记载上看，我们不难想到其仪式场面之庄重严格。十世达赖的“金瓶掣签”仪式是由七世班禅主持的。七世班禅于道光二年（1822）正月初二由扎什伦布寺启程，到达拉萨后便住在罗布林卡，“金瓶掣签”仪式于正月十五日在布达拉宫的皇帝牌位前举行。牙含章先生在《班禅额尔德尼传》中对此次仪式做了详尽记述：“当时达赖的三个‘灵童’都主宰聂塘寺，做出决定后，由七世班禅、摄政、驻藏大臣等人亲赴聂塘寺，将三个‘灵童’都带到布达拉宫。”掣签仪式由驻藏大臣文干和帮办大臣保昌亲自执行，最后被掣中的是西康理塘的一个孩子为十世达赖的转世灵童。

这些转世灵童、乘愿而来的圣者们，他们跨越不同的时空，但所做之事都只有一件，那便是将佛法智慧传播给更多的人，让众生从烦恼痛苦中解脱出来，过上一种喜乐的生活。

02/
PART

雪人的传说，你听说过吗？

有那么一个时期，我对各种各样的未解之谜十分有兴趣。从亦真亦幻的尼斯湖水怪到频频出现在媒体中的 UFO，都令我在惊喜中不断地感叹这个世界的神奇。后来，在读到不朽的大成就者米拉日巴的传记时才了解到，原来在喜马拉雅山区还有“雪人”这样一种神秘生物存在过。

在米拉日巴大师的道歌中就提到过他在深山中修行时，经常看到山中的“玩伴”，那是一种体型巨大、像熊又似猿的生物。我猜想，这可能是关于“雪人”这种生物的最早的文字记录了吧。在夏尔巴人的传说中，雪人力大无穷而且还具有种种神异的力量，它们有时温和慈悲，有时又性情暴躁。央珍从她祖母那里听说，雪人似乎与喜马拉雅山区的一些神灵很类似，还能操控当地的天气变化，对于善良虔诚的人，它们会真心护佑，而一旦发现有作恶多端的家伙妄图害人时，便会及时出来制止。

20 世纪 50 年代，一些登山队声称在喜马拉雅山发现了雪人的脚印，西方世界由此掀开了追踪雪人的热潮。但无论人们使用何种方法和科学仪器，都没有听说发现雪人存在于世的确凿证据。尽管一些探险队、考察团也声称他们发现了证实雪人存在的证据，但也因为经不起推敲而不了了之。只是，关于雪人的民间传说也好，当地人所谓的目击报告也罢，这些声音从来就没有停歇过。或许，雪人还是存在的吧，只是他们刻意地躲了起来。

尽管关于雪人的故事一直都在诉说，可人们也提出了一些质疑。在喜马拉雅山区，本来就有熊类等野生动物出没。它们体型巨大，力大无穷，而且还会使用木棒、石头等物，也有喜怒哀乐等情感表达，即便如此，那也不能证明这就是雪人。毕竟，它们不会使用工具也不会用火，除了动物性的呼号咆哮之外，根本不会使用语言来进行沟通，谈不上有着慈悲或暴躁的性情，更谈不上能够帮助或者威胁人类。

几十年过去了，关于雪人这种生物是否真实存在的争论似乎就从没有停止过。在一些民间故事中，雪人多以身手矫健、见义勇为的形象出现。在一则故事中说，有个居住在山脚下的夏尔巴姑娘外出放牧，没想到遇到野狼群的攻击。这小姑娘一定是给吓坏了，因为故事里面说，她既没有丢下牦牛慌不择路地逃命，也没有声嘶力竭地大声呼喊“救命”，而是呆呆地要以血肉之躯护着牦牛。但是，也可能她早已料到自己命不该绝，必定会有人冲过来驱散狼群。正如姑娘料想的那般，一个高大的身影由远及近，不过那并非是什么骁勇的猛士，而是传说中的雪人，有着善恶分别且怀着火热心肠的雪人。他赶走了狼群，救了姑娘，然后转身离去。

但是在另一些故事中，呈现在我们面前的又是另一种性情的雪人。他们性情暴躁，容易发怒，经常袭击人类和牲畜。在那些赞美雪人惩恶扬善的故事中他们被描绘得有多善良，在这些讲述雪人凶狠残暴的故事里他们就会被“篡改”得有多暴力。甚至还有些好事的探险者声称自己的探险队遭到了雪人的攻击，可他们提供的物证不过是所谓的“雪人脚印”或者挂在树枝上的皮毛。

关于雪人的故事多得数不清也讲不完，这其中不仅有自古时候便在民间流传的传说，也有近现代探险者们的“杜撰”。但无论雪人这种生物是否存在，我都宁可相信力大无穷的他永远心中有善恶、眼中辨是非，就如同风靡一时的美国大片《木乃伊Ⅲ》中在危急时刻从山顶奔下来救人的那个雪人，就如同寺院内供奉的手持法器守护众生且拥有神力的哼哈二将。或许有一天，雪人之谜将被彻底揭开，到时候人们也许会失望地发出“原来是这样”的感叹，但西藏这块土地，喜马拉雅山脉，它们依然能激发起人们对雪山圣境的想象——这一点，我敢肯定。

03 PART

好一位多情的诗僧！

现在要谈到的这个人，绝对称得上是一个传奇的存在。本来，他是个简单快乐、自由自在的农家少年，就像门隅地方其他的普通少年一样，在草丛间追逐自由的风，或者闲来无事时就望着头顶上方的那块蓝天。若不是命运的安排，或许他会平淡安稳地度过自己的一生，与心爱的女子长相厮守，或者放浪形骸，任由自己在花丛中嬉戏。可若果真如此，那么不仅藏族文学史上会黯淡些许，而且后世的人们也会少了他笔下创作的心灵大餐。

仓央嘉措（1683—1706）以另一种生命形式存活到今天，使他的名字闪现出不朽光芒的不仅是他笔下的情诗，也有与他相关的那些浪漫情事。他被后人所怀念或敬仰多多少少与他六世达赖喇嘛的身份有关联，但真正为后人所津津乐道或者深情歌颂的，却与他的僧侣身份无关。

他是一个满带着人间烟火气息的僧侣，同时也是一位饱含着诗人情怀的宗教领袖人物。他的生命相当短暂，只在世间度过了二十四个春秋，但也有许多人认为，他并没有死，而是隐姓埋名之后继续生活在民间。

仓央嘉措真正的人生故事，应该从公元 1697 年开始算起。在那一年的燃灯节上，六世达赖喇嘛举行了坐床典礼，那一年他才十五岁，正是情窦初开的年龄，关于爱情的梦想尚未开花，便因为一个在人们看来意味着无上尊荣的身份而不得不折断。

从这一天开始，他便不再是以往那个在草野中自由奔跑的纯真少年，而是藏传佛教最大宗派格鲁派的领袖人物。当然，摄政王桑杰嘉措并非不知道仓央嘉措的身份与性情处于两个极端，所以，他非常关心仓央嘉措作为一名活佛应该接受的学习以及一切与宗教有关的事项。仓央嘉措作为一个热爱自由的少年，最初可能并不适应这种严格的宗教生活，以至于他可能根本就无心听经。

而每每此时，他那皓首却慈祥的经师必然会好言好语地规劝，而心思完全不在经书上的少年也只好乖乖听话。他断不肯使身边人因他而受到摄政王桑杰嘉措的责骂。

1702年，也就是仓央嘉措举行坐床典礼的五年之后，身在扎什伦布寺的他跪在五世班禅的面前，止不住地流泪，心中满是歉意，但也充满了决绝：恳请上师收回此前所授之出家戒和沙弥戒，如果上师不允准，那么我必定自裁于此处，在这二者当中，请您做出选择吧!

从此之后，拉萨街头的酒馆中人们便经常看到一个面容清俊的男子，从此之后，世间便传唱起关于红尘情爱的诗歌。在民间流传的故事中说：在很偶然的一天，仓央嘉措被一位美丽奔放的卖酒女郎所吸引，而这女郎也爱上了相貌不凡的仓央嘉措。在此之后的数月里，仓央嘉措都是在天黑之后更换便装离开布达拉宫，悄悄地溜到八廓街的酒馆来和情人幽会，一直缠绵到破晓时分才又回来。就这样，两人一连幽会数月都无人知晓，直到有一天人们在雪地上发现了他留下的两行脚印。

很快地，这些把柄就落入了以拉藏汗为首的蒙古首领的手中。1705年，第司桑杰嘉措本来是准备动用武力驱逐拉藏汗，没想到反被拉藏汗一举击败。在桑杰嘉措被拉藏汗处死之后，拉藏汗便以仓央嘉措沉迷酒色、不守戒律为名，对外宣布他并非真正的达赖喇嘛，后来还上奏朝廷，历数仓央嘉措的种种“罪行”。康熙帝因此而降旨，命人将仓央嘉措带到京师问罪。这之后的事情，不难猜测到这位神王诗人终究以悲惨结局画上了人生的句号。

虽然人们对仓央嘉措的举动品性褒贬不一，但这并不妨碍我们在他的情诗中为心灵寻一方极乐净土。在仓央嘉措的诗歌中，没有物欲没有权势，有的只是对青春的礼赞，对红尘情感的诉说。

自恐多情损梵行，
入山又怕误倾城。
世间安得双全法，
不负如来不负卿。

这是对真诚爱情的追求和歌颂，也表明自己深陷矛盾中的无奈与挣扎。有人赞美他的多情浪漫，有人怀疑他的品性道德，但后人如何评论任由他们评论，自由的极致便是真实地表现自我，这一点，仓央嘉措堪为表率。

我观修的喇嘛的脸面，
却不能在心中显现；
没观修的美人的容颜，
却在心中明朗地映见。

米拉日巴的道歌中充满了劝人放弃世俗生活、全身心投入到修行之中的劝导，而仓央嘉措的诗歌则为人们描绘出动人心弦的爱情场景。这些爱情场景极其生活化，因而读来觉得颇为“接地气”，仓央嘉措这样真挚热烈的情感世间难得，正如同米拉日巴那一心求道的坚固道心亦为世所罕见。

心中炽烈的爱恋，
问伊能否做伴侣？
答道：除非死别，
活着便决不离散！

盖的黑色印章，
不会把话来讲，
请将信义小印，
嵌在各自心上！

对于坚贞爱情的渴望与赞美，在仓央嘉措的情诗中并不少见，其他诗人的笔下也多有描述，可是一想到仓央嘉措的身份与他的情感追求之间形成的反差，便更是佩服他的勇气。仓央嘉措的家族本是信奉宁玛派的，这一教派允许信徒组织家庭、不废世俗生产生活，因此这一教派的教法多是父子、叔侄之间传承；但仓央嘉措被认定为六世达赖喇嘛的格鲁派却以教规严格著称，尤其严禁信徒接近女色。原本无忧无虑、追求爱情自由的“情王诗人”仓央嘉措到底还是愿为爱情舍去尊位。

第一最好不相见，如此便可不相恋。
第二最好不相知，如此便可不相思。
第三最好不相伴，如此便可不相欠。
第四最好不相惜，如此便可不相忆。
第五最好不相爱，如此便可不相弃。
第六最好不相对，如此便可不相会。
第七最好不相误，如此便可不相负。
第八最好不相许，如此便可不相续。
第九最好不相依，如此便可不相偎。
第十最好不相遇，如此便可不相聚。
但曾相见便相知，相见何如不见时。
安得与君相决绝，免教生死作相思。

爱情中的酸甜苦辣，对每个世俗众生来说并不陌生，但仓央嘉措笔下流淌出的幽怨缠绵，读来却使人别有一番感伤滋味。

柳树爱上小鸟，

小鸟爱上柳树，

只要双双相爱，

鹞鹰无法破坏。

我与情人原本真心相爱，但无奈总是有世俗力量前来破坏，既然如此，那么就担当起自己的感情，向着破坏两人爱情的世俗力量宣战吧。

忘记在哪本书上看到的，后人对仓央嘉措做出过如此评述，“故仓央嘉措者，盖佛教之罪人，词坛之功臣；卫道者之所疾首，而言情者之所归命也。”他无法成为一个合格的修行者，但他却成了被人们世代铭记的“天生情种”。而关于仓央嘉措的最终结局，历来说法很多：有人认为他被康熙帝软禁于五台山并圆寂于此；有人认为，仓央嘉措放弃名位之后再也没有回到拉萨，也没有回到故乡门隅地区，而是在各地随缘周游，直至终老。在布达拉宫里的历代达赖中，独独缺少他的灵塔，或许他真的像自己诗歌中所写的那样，化身为一只白鹤，悠然地飞过了理塘。

04 PART

格萨尔王的荣光

在藏族民间传说里，格萨尔王本是莲花生大师的化身。就如同历史上的其他英雄人物一样，格萨尔王在藏族百姓的心目中不仅是一位战功赫赫的民族英雄，更是一位来到凡间、满怀慈悲和智慧的神灵。

在不同版本的传记小说中，虽然在细节方面略有不同，但塑造的这位格萨尔王的形象大体都是给人一种神圣庄严却又亲近民众的印象。格萨尔王的故事，如同许多其他英雄人物的故事一样，都有一个差不多的时代背景，那正是一个需要英雄拯救黎民百姓的时代。

根据《格萨尔王传》的记载，在很久以前，原本祥和平静的雪域大地上突然被天灾人祸笼罩，妖魔鬼怪乘乱出来残害无辜，大地上一片痛苦的呻吟。雪域大地上的种种苦难，全被观世音菩萨看在眼里，以慈悲为怀的观世音菩萨便请求阿弥陀佛派天神的独子来到凡间铲除妖魔，恢复人间的秩序。天神唯一的儿子——格萨尔来到雪域高原，凭借着自己非凡的才智和高贵的品格，不仅战胜了许多难以想象的困难，而且还将害人的妖魔一网打尽。格萨尔王穷尽一生的时间都在为雪域大地奉献着，他降妖除魔、南征北战、为民除害、造福百姓，直到他功德圆满，才携妻带子返回天界。而规模宏伟、气势磅礴的《格萨尔王传》也就到此结束了。

这位史诗中的英雄于公元 1038 年出生，殁于 1119 年。格萨尔王的童年时代并不幸福，他与那些留名青史的伟大人物有着共同的遭遇：自幼家贫且经受了许多磨难；少年时，通过赛马而荣登王位，从此便开始了他壮阔雄奇的一生。

关于《格萨尔王传》这部被誉为“东方荷马史诗”的作品，真可称得上是“研究古代藏族历史的百科全书”。但这部伟大的史诗著作却没有明确的作者，它是藏族人民集体创作的结晶。这部史诗最初产生于古代氏族社会开始瓦解、奴隶制政权逐渐形成的时期。在这段时期，《格萨尔王传》也只是开始具备了大致的雏形，但是在公元7—9世纪即吐蕃王朝建立之后的时期，史诗的内容便得到进一步的扩充和发展。在藏族社会由奴隶制向封建农奴制过渡的历史时期，这部史诗不仅在内容上更为丰富，而且还在民间得到了更加广泛的流传。在公元11世纪前后，藏族历史步入了佛教后弘期阶段，随着佛教的复兴，僧侣作家开始介入到《格萨尔王传》的编写和传播过程中。

在这部卷帙浩繁、影响深远的史诗作品中，既能看到藏族远古时期流传至今的神话传说，也能见到在民间文学基础上经加工而形成的谚语、诗歌等内容。在经过近一千年的不断完善、扩充、丰富和加工之后，终于成为我们现在所见到的《格萨尔王传》。

记得初来拉萨时，就听央珍说起她家乡的一些民间艺人在闲暇时常以说唱《格萨尔王传》为主要工作。有些民间艺人并不识字，但他们却因为十分偶然的机缘而学得《格萨尔王传》。这些民间艺人们普遍认为，像这种说唱史诗的本领是根本无法靠着人与人之间相互传授而学来的。也正因此，民间艺人们才往往把自己偶然学会说唱史诗的事情解释为“这是与格萨尔王的缘分”，是“靠着神灵的启迪”。

虽然这些民间艺人说唱的史诗在基本情节上大致相同，但在某些细节方面还是各成体系且带有鲜明的个人特色。央珍说，她家乡的村子里有位老人，老人年轻时生了一场大病，病愈之后竟奇迹般地会唱《格萨尔王传》了。其实，这样的故事在藏地已经不能算是“故事”了。这些在大病初愈之后便如神灵附体一般能够说唱《格萨尔王传》的民间艺人之中，既有青年男女，也有上了年岁的老者。他们居住在藏地不同的地区，有着各自不同的经历，即便他们在说唱表演中礼赞的是同一位英雄，但是在说唱过程中也加入了对这部史诗彼此不同的理解。我想，随着时间的推移，或许那时候的《格萨尔王传》又将以不同于现在的面貌出现于世人面前吧。

05
PART

不可不提的几位传奇女性

在山脉起伏、雪域茫茫的藏地，随处可见的是壮阔辽远、苍茫无边的景色。不论是在广袤的草原上饱食的牛羊，还是迎风飘动的风马旗，都给人一种豪迈热烈的印象。在这块土地上，那些散播在民间的神话故事有如草原上的牛羊那般多，而这些故事里所讲述的女性人物，又好比是山岩上的花朵一般，令人充满遐想。

这些不可不提的雪域传奇女性中，既有身份尊贵的王妃，也有平民人家的女子，她们演绎的故事既感人肺腑又荡气回肠。在这里要提到的这些女性，或许你对她们的故事多少有些了解，甚至比笔者所知道的情节还要波折，也或许，你并不知道她们经历过的坎坷，但正如笔者一样，我们都很迫切地想要了解她们，了解她们的遭遇，然后把她们的故事再讲给其他人。

在这块土地上，总有一些故事需要被人记住，需要一代代地流传下去。

我们要说的第一位传奇女性是唐王室女文成公主。

公元7世纪，藏王松赞干布建立起统一的吐蕃王朝之后，便开始利用军事外交和政治联姻等手段加强与周边国家的文化交流和经济联系。

公元631年，松赞干布派遣吐蕃大臣噶尔禄东赞等人前往尼泊尔迎娶被后世称为忿怒母化身的尺尊公主为王妃，641年他再次派使者前往大唐求取和亲并娶回了被誉为度母化身的文成公主。

关于尺尊公主，史料上记录的内容不多，我们只是知道她信奉佛教并在进藏时带来了释迦牟尼八岁等身佛像以及其他佛教圣物、圣器和佛教典籍等等。而关于文成公主，文献中则出现了截然不同的两种说法。一种说法是文成公主虽然相貌端庄、饱读诗书，但她嫁入吐蕃之后既无子嗣也无宠爱，地位平庸如同侍女一般。她在远离故土的雪域大地上生活了四十年，却并不像影视剧中所演的与藏王谱出爱的赞歌。她没有得到重视，也没有得到爱情，而是过得很不好，相当不好。与前一种说法截然不同的是，在一些史籍中说文成公主地位很高，她并没有因为尺尊公主的存在而遭到冷遇。虽然松赞干布迎娶来的这两位公主都是政治联姻，但这两位笃信佛教的公主给雪域大地带来佛教文化，推动了吐蕃地区的文化发展，这却是客观事实。

从东土大唐到雪域吐蕃，其路程之遥远、行程之艰难，真是难以想象。据说公主一行人来到唐蕃交界处时遇到神灵阻拦。漫天飞舞着大雪，而且一路上森林树木全部呈扑倒状，道路被阻，又逢严寒，文成公主一行人只得暂时滞留在这里，以至于耽搁了两个多月的时间。

噶尔禄东赞提议以美酒香火供养此地神灵，这才使大雪停止，树木竖立，道路变得畅通无阻了。但文成公主思念家乡，有了反悔之心，噶尔禄东赞便说："公主是否真的以为备受唐王重视？请取出日月宝镜一看，便知晓了。"

公主取来宝镜仔细察看，才知道唐王赠送的日月宝镜乃是一赝品，她悲愤难当，便把这赝品沿着大路抛掷出去。这假冒的日月宝镜落地之后就耸立成一座高山，被后人称为日月山。这日月山恰好挡住了一条向东流去的河流的去路，这河水便掉头回流，人们便把此河命名为"倒淌河"。

其实这假冒的日月宝镜乃是噶尔禄东赞的主意。当初公主向唐王请求，把那面以黄金白银制成的宝镜赐予她，但唐王却舍不得。噶尔禄东赞便提议，何不以金汁银粉做一假冒宝镜，在公主进藏之前不许打开，这样公主便能安心和亲了。

在进藏之后，精通堪舆占卜的文成公主又发现吐蕃大地的地形乃是一魔女仰卧之形，为了镇压魔女，不使其兴风作浪，松赞干布便修建众多寺庙，这些寺庙都位于魔女的四肢关节处，以此来镇压魔女。

我们也无须考证这些流传于民间的故事哪个是真哪个是假，因为亦真亦幻才是雪域大地的本色。在以神秘古老著称的青藏高原，如果缺少了这些生动传神的故事，那岂不是会失掉了许多魅力？

还有一位大唐公主，她本是唐中宗李显的养女，公元 710 年入藏嫁作吐蕃赞普墀德祖赞的王妃。同文成公主进藏时一样，金城公主出嫁时也带有大批书籍、绸缎、工匠等等。这些书籍物品和生产技术在一定程度上促进了吐蕃社会文化的发展，同时也加深了吐蕃地区对中原地区的了解，巩固了唐蕃之间的关系。当然，同文成公主进藏时一样，关于这位金城公主和亲的传说也一直流传在民间，并且在汉藏史书中也能看到与她有关的文字记录。

传说中，墀德祖赞有一位娶自南诏的美丽王后叫江木迟尊，他们生有一个英俊的儿子，叫江察拉温。这个小王子成年之后，赞普与王后便想给他娶一位血统高贵、文雅多才的姑娘。大臣们都说，先王松赞干布迎娶的大唐公主就博学多才、贤淑文雅，何不再与大唐联姻，为王子娶一位高贵文雅的王妃呢？

于是，赞普便派遣使臣向大唐求亲，唐中宗便答允了这门亲事。原本公主要嫁的小王子英俊潇洒、勇武善战，可他在骑马外出时不幸摔下马背，当场身亡。但金城公主已然进藏了，这门婚事也再无回头路，所以按照吐蕃风俗公主便嫁给了墀德祖赞。后来，墀德祖赞在写给唐中宗的信中还与唐朝皇帝以甥舅相称。

但是这很可能真的只是一个故事而已，因为当时的墀德祖赞尚且不满二十岁，又怎么会有成年的儿子呢？所以，金城公主最初要嫁的人，就应该是墀德祖赞无误。

嫁到吐蕃两年之后，金城公主诞下一位小王子。这个孩子便是日后在吐蕃史上赫赫有名的赞普赤松德赞。添了贵子，这本是高兴事，可墀德祖赞的大妃那囊氏没有生育能力，她依仗着势力便把金城公主的儿子抱回自己宫中，并造谣说这是自己亲生的儿子。

金城公主心急如焚，整日整夜地以泪洗面。大妃那囊氏十分专横，她还不许仆人给公主打来热水，而公主因为幼子被夺，也没有心思梳洗打扮。

为了验明谁到底才是小王子的生母，大臣们便想了一个主意：把孩子抱来放在草坪上，让两位王妃跑过去抱孩子，谁跑得快，谁便是孩子的亲生母亲。

金城公主一心只想抱回孩子而且她年纪尚轻，因此便拼命奔跑来到孩子面前。大妃那囊氏虽然落在后面，但她却浑身是力气。她把那小孩子从金城公主的怀中使劲拽到自己的怀里，金城公主担心孩子受伤，便只得松手。至此，大臣们已经明白，孩子确实是金城公主所生，但大家又怕得罪那囊氏，都不敢讲出心里话。

在小孩子满周岁的时候，赞普举行周岁宴，把汉家代表和那囊氏家族的人都请来喝酒，在座的还有各位朝臣。墀德祖赞坐在中间，左右两旁各是金城公主和那囊氏王妃。赞普交给赤松德赞一个斟满酒的小金杯，他说："按理说，你有两位母亲，也就有两个舅家，但亲生母亲只能有一个。今天是你满周岁的日子，这杯酒你端给你的舅舅尝尝吧。"

那囊氏家族的人们纷纷拿出好看的小玩意儿，不住地招呼小王子。可小王子看都不看一眼，他端着酒杯说："我母亲乃大唐汉家人，美酒佳酿理应献给汉家舅舅喝。"在经过了一番波折之后，亲生孩子到底还是回到了金城公主的怀抱里。

第三位女性可能比较陌生，她是生活在公元8世纪的没庐氏妃，为吐蕃藏王赤松德赞的一位妃子。在印度僧人寂护和莲花生的主持下，吐蕃修建了藏地第一座佛法僧三宝俱全的寺院桑耶寺。这位笃信佛法的没庐妃在弘法护教方面表现出极大的热情。她不仅出资修建格结寺和叶茹神殿，后来还跟随汉地僧人摩诃衍出家修行，专修禅学，并且还参加了渐门巴和顿门巴之间的辩论。在桑耶寺落成之后，她资助工匠们铸造了一口大铜钟，捐献给寺院。有她带头，当时出家修行的尼僧中大多数都是王室成员。尽管这些王室女子剃度出家只是满足自己修行的心愿，但这对传入吐蕃不久、尚受到苯教势力排挤的佛教来说，却起到了相当重要的推动作用。

前面提到的几位女性都是王室女子，现在要讲的这位传奇女性只是一位普通的母亲，但她有一个不凡的儿子，叫米拉日巴。

在传记小说《米拉日巴传》中对这位性格刚烈、坚强隐忍的母亲娘查迦琼有着细致生动的刻画。当米拉日巴的父亲病逝、自家财产被侵占之后，娘查迦琼还幻想着待米拉日巴成年之后能够靠着公道讨回财产，但是残酷的现实粉碎了她的这个幻想。

从传记小说的记述来看，米拉日巴的母亲并不是不知礼仪之人。在米拉日巴 15 岁成年时，母亲按照米拉喜饶坚赞（即米拉日巴之父）的遗嘱要求大伯和姑母把遗产交给他们。这一天，母亲摆好酒席，把大伯、姑母等一干亲戚都邀请过来，而那些熟知父亲遗嘱的见证人更是在邀请之列。

母亲先请舅父宣读米拉喜饶坚赞的遗嘱，然后很直接、很坚决地表示，米拉日巴已经成年并且到了要成家的年龄，还是请姑母和伯父把米拉日巴父亲生前托付给他们保管的财产交还给米拉日巴，总要遵照米拉喜饶坚赞的遗嘱，让儿子来继承遗产。

米拉日巴的母亲等待这一天已经等了很久了。长久以来，娘查迦琼带着一双儿女在姑母家中做奴仆，白天黑夜地操劳着，她为了这一天备办宴席，一定是费尽了心思。更难得的是，她没有撒泼打闹，而是有理有据地提出自己的要求，且有米拉日巴父亲的遗嘱做凭证，可无奈的是，平日里一向不睦的姑母和大伯在侵占别家财产这件事上倒是站在了“同一条战线”,他们异口同声说：“你的财产？这分明是我们的财产！”说完还抽打了娘查迦琼几个耳光，而家乡父老却碍于伯父、姑母有钱有势不敢得罪，也就无人能给她们母子三人主持公道。在被逼无奈、走投无路的情况下，米拉日巴的母亲一改往日逆来顺受的态度，送儿子去找有名望的咒师学习咒术来报仇雪恨。为了使儿子能在咒师那里学到本事，她不惜吃粗粮、穿破烂衣服，又将陪嫁土地的一半卖掉，积攒下盘缠和口粮，送米拉日巴学习咒术，以待日后找姑母和伯父报仇。待大仇得报的那天，娘查迦琼激动万分，几乎是喜极而泣。

在“后藏疯子”桑杰坚参所撰写的《米拉日巴传》里有这样一段故事：有一天，教授米拉日巴咒术的启蒙老师带着几个弟子去参加喜宴。宴会还没散时，米拉日巴便听从老师的吩咐，带着一些供物先回去。米拉日巴这次喝多了酒，而且又在宴席上听到了许多美妙欢快的歌，他内心快乐无比，一路走来一路唱，但很不巧的是，他路过自家那低矮破旧的草屋时忘记了收敛他的歌声。这歌声正好被米拉日巴的母亲听到。开始，娘查迦琼只是听声音觉得像是米拉日巴在唱歌，但转念想到这十年来她们母子三人所受的苦、所遭的罪，又觉得米拉日巴哪里还有唱歌的心情。可当她见到米拉日巴唱着欢快的歌，喜气洋洋地走路时，便怒火攻心，冲过来就给了米拉日巴一顿打骂，然后又声泪俱下地将儿子斥责一顿。她哭着对儿子说："像咱们母子受的苦，世间可真是很少见！你怎么还有心情唱歌！"后来，米拉日巴学成咒术并运用咒术使得大伯和姑母家房倒屋塌，当时，大伯家正在举行婚礼，那一对新人连同前来祝贺的宾客都被倒塌的房屋砸死了。这还不够，米拉日巴又通过念咒使天空降下鸡蛋一样大的冰雹，这些冰雹打坏了大伯和姑母的庄稼。米拉日巴的妹妹跑回家，将这个消息告诉了母亲，母亲起初觉得难以置信。待她出门登上小土坡远远地望去时，看到伯父家尘土弥漫，又侧耳细听，听到远处传来一片哭声。这时，娘查迦琼才相信儿子真的学有所成，她高兴得把一件破衣服系在一根长杆儿上高高举着，大声地叫喊道："祈祷啊！供养啊！上师啊！三宝啊！如今总算有结果了！"

说起藏传佛教的活佛转世系统，大家都不会陌生。其实在藏传佛教的活佛转世系统中并不全是男性活佛，其中也有一支女活佛转世系统并且是唯一的一支。这西藏唯一的女活佛住在桑丁寺内，这座位于羊卓雍错湖西南方的陡峭山顶上的桑丁寺始建于 15 世纪初，为多吉帕姆（意为金刚亥母）女活佛转世承袭。

作为西藏唯一的女活佛，多吉帕姆这一活佛系统至今已经转世十二代了。关于女活佛多吉帕姆的转世传说，不论是在民间故事里，还是在文史资料里，并不少见。

据文献资料记载，公元 1716 年蒙古准噶尔部出兵西藏，当时桑丁寺的女住持多吉帕姆显现神通，以不可思议的法力和广阔无边的慈悲心征服了领兵的将军。这位杀人无数的蒙古将军从此成为多吉帕姆和桑丁寺的施主。据说这位女住持容貌端严，望之可亲且令人生起敬重之心。在这位女住持圆寂之后，她被尊为多吉帕姆第一世，西藏唯一的女活佛开始了转世制度。

第二位多吉帕姆活佛乃是六世班禅洛桑贝丹益西的侄女，她以渊博的学识和高深的功力而深受信徒们的尊敬。

第十一世多吉帕姆出自著名贵族世家拉鲁家族。法国藏学家 A · 麦克唐纳曾对这位女活佛做出过这样的评述："（十一世多吉帕姆）决不能横卧而眠，终日凭几而寐，夜则长时静坐，作沉思默考之状，每来拉萨，人皆以最敬礼迎之。"

在西藏历史上，女活佛多吉帕姆拥有很高的社会地位和宗教影响力。在清代中后期的藏区，多吉帕姆女活佛有着与班禅和达赖相同等级的待遇——出门时可以乘轿，并且还有自己的骑马仪仗队。

再要介绍的一位传奇女性，依然与藏传佛教有着千丝万缕的联系。她生活在公元 8 世纪，与前面介绍的没庐氏妃为同一历史时期的人物。她叫益西措嘉，生前她是以清净心和不退心苦修佛法的大成就者；圆寂后，她被誉为佛母的化身，尊为“金刚亥母与妙音佛母之总集化身”。

益西措嘉本来是藏王赤松德赞的王妃，佛法传入雪域大地之后，有许多贵族女子和王室成员纷纷皈依佛门，这其中最著名的除了没庐妃，便是这位益西措嘉空行母了。但很明显，后者在藏传佛教史上的地位和影响要比前者更高、更深远，因为益西措嘉不仅供养三宝，而且她本人还被尊为伏藏大师。

关于益西措嘉的传记作品中说她具有天生的智慧和坚定的出离心，无论是读诵佛经还是修学五明，只要有“明师”在旁稍加指点，她便通达无碍。后来，这王宫里的昔日王妃因笃信佛法而追随莲花生大师修学更为高阶的佛学知识，在有所成就之后，她便以歌吟的形式向人们传播佛学智慧，化解心头烦恼。当然，在这些歌吟中也有诉说自己身世和苦难生活经历的内容。在塔塘活佛所著的《母亲的知识：益西措嘉之悟》中这样记载着：

她（益西措嘉）在歌中唱道：“我是一个女人，抵御危险之力甚小，因为我的卑贱出身，人们都欺负我。……不管我怎么干，我都不会幸福；因为我是个女人，所以要尊奉佛法很难，甚至难以生存。”但是莲花生大师却赞叹道：“了不起的女瑜伽师，密宗教义的实践者！人身是觉悟之本，男女并无大的区别；但若其倾

心于悟性，则女身更佳。”（转引自《中国藏学》1988年汉文版第2期）

由于益西措嘉常年追随莲花生大师修行，因此在关于莲花生大师的传记小说中也能见到这位空行母的身影。在莲花持明所著的《莲华生大士全传》中就有相关记载。益西措嘉得到莲花生的指示，前往尼泊尔的山谷中寻找合适的场所继续修行，但是在靠近尼泊尔边境的地方她遇到了几个强盗。益西措嘉非但没有生出恐惧或嗔恨之心，反而对这些造下恶因，即将受到恶报的强盗生起了慈悲之心。传记中说，益西措嘉唱起了美妙庄严的歌，这感人肺腑的旋律使这些强盗马上就生出欢喜心并且还证入了初步的禅境。随后，强盗们又生起清净心，向空行母益西措嘉问起佛法来。在益西措嘉的耐心指点下，他们对佛法生起了不可动摇的坚固信心，他们的心不再沉陷于贪嗔痴三毒中，又因为停止造作恶业，生起追求道果之心，因而他们也不再趋向轮回。最后，这几个强盗恳请空行母益西措嘉赐予佛法教示，他们在听闻之后即刻便得到了解脱。

雪域大地上的传奇女性还有许多，她们的家庭出身和经历境况各有不同，但她们有一个十分明显的共同点，那便是通过自己的努力而改变命运，在不断地亲近佛教、修学佛法的同时也不忘记用恰当的方法度化众生，帮助众生解脱苦难。比如近代西藏历史上有一位被尊称为“素赛洛钦仁波切”的女尼，她是一位颇负盛名的女性佛教学者。据说，她在孩童时期就经常以说唱的形式讲说佛法义理，并因此而拥有众多信徒。在她 40 岁时征得了母亲的同意之后，便来到拉萨附近的修行洞中潜心修行，后终成为一位女性宗教领袖。素赛洛钦仁波切的佛学知识十分渊博，而且经常用浅显明白的语言表述出深奥难懂的佛学道理。许多没有什么文化背景的穷苦人，也能在她那里学到佛学知识。因此，她被尊为玛久拉仲的转世。

上述这些，均是西藏历史各个阶段的杰出女性。当然，在这片雪域大地上，勤劳聪慧、坚毅果敢的女性从来就不鲜见。正是因为有这些不平凡的女性们存在，雪域大地上才多了几分柔情，少了许多蛮荒。这些不平凡的女性，正如同草原上的花朵，颜色各异、清香无限，给人带来欢喜与美好的感受；又如同吹拂在山岩峡谷中的风，虽然凛冽，却透露出十足的生命活力。这些女性，她们在活着的时候或许遭受了许多常人难以想象的痛苦，但在她们身后，却化为了一个个象征着慈悲、坚韧的符号，流淌在文史典籍之中，更铭记在雪域人民的心中。

06 PART

雪域高原的各种禁忌

在雪域高原，人们日常生活中的一切都与宗教信仰有关。在这里，生死是神圣的，生活禁忌是颇多的，如果在来到这片土地之前不了解清楚雪域高原的各种禁忌，那么惹来的麻烦将会是很大的。

就拿饮食礼仪来说吧，藏族朋友们饮茶时就非常有讲究。平时大家都是用各自的茶碗喝茶，绝不可随便乱用，而且碗中的茶是要喝掉一半之后再次斟满，然后再继续喝，最后饮茶完毕时，茶碗中也要留下少许，这表示着日后财富丰足，用不完也花不干，就像这碗中的茶一样富裕。在藏族朋友家中做客，饮茶需饮三碗，如果只喝一碗那就会引起不必要的误会了，藏族民谚有云："一碗成仇。"而且在饮茶时不能发出声音，更不可以将茶全部喝完，因为这些都是没有教养的表现。

同饮茶时的规矩一样，饮酒时也不能一口喝干净，必得要"三口一杯"才好。通常是在弹酒敬神之后，做客者先饮一口酒，主人再续满酒杯，然后客人再饮一口酒，主人又再次续满，直到第三次时才将杯中美酒一饮而尽，这才合规矩。与饮茶稍有不同的是，饮茶需在碗内稍微留下一些茶水，但饮酒时却要做到滴酒不剩才好。

饮食方面的禁忌比较复杂，而且因地、因时而有差别，这从藏文史籍中记载的一段有趣史实便可见出一二。吐蕃王朝第二十九代赞普仲宁德如娶了一位貌美的女子做王妃，随着岁月流逝，曾经娇美如花的王妃渐渐变得苍老憔悴，赞普便问其中缘故，王妃说，她从遥远的故乡嫁给赞普，因为长久地吃不到故乡的一种美妙食物才变得如此丑陋不堪。赞普心疼王妃，便命她去备办此美妙食物。王妃的心腹宫女回到故乡后油炸了许多青蛙带回王宫，将之秘密储藏于仓库里，每隔一段时间便取出来食用，于是，王妃又变得娇美如初。赞普想，这食物既然有如此功效那么自己也品尝一下吧。食用之后，赞普患病，因为赞普食用油炸青蛙犯了忌讳。但为何王妃却非但没有患病反而在食用之后还容光焕发呢？这则史料说明了在藏地的不同地区，有着不同的饮食禁忌和习俗，而且这种差异性还很大，一旦犯忌，即使尊贵如赞普，同样要遭受痛苦。

藏地寺院很多，转经拜佛朝圣的地方也很多，在去这些地方之前，可千万不能食用大蒜，因为人在食用大蒜之后会产生不洁的气味，这样会玷污了这些神圣之地。就这一点来说，汉地也有同样的禁忌。

藏地的生育习俗中也是禁忌颇多，而且这些习俗、禁忌总是与其文化背景、历史进程和社会发展状况紧密联系。据藏族朋友说，在藏地新生儿降生后的第三天（如果是女儿，则选在第四天），新生儿家中便要举行一种仪式，而且亲朋好友都要前来祝贺。这种称为“旁色”的仪式，是为了帮助新生儿清除污秽，祝福孩子健康成长的祈福活动。

这种礼俗禁忌我曾向央珍请教过，她说前来参加仪式的亲友们都要给新生儿赠送礼物，但城里人多是给孩子赠送红包，除了要对新生儿说些祝福的话之外，还要向产妇敬酒，给产妇和新生儿献上哈达，表示吉祥的祝愿。

在孩子满月之后，还要选择一个良辰吉日举行“出门仪式”，在仪式当天，产妇和孩子都要身穿新装在亲人的陪伴下出门，通常来说是先到寺庙里朝拜，祈求佛菩萨保佑孩子平安成长，然后再去福泽深厚的亲友家中拜访，那意思可能是希望孩子沾些喜气。新生儿第一次出门时，大人们总要在孩子的鼻尖上涂抹一些烟灰，这是为了避免被鬼灵侵扰，当然，现在在城市里可能已经没有这种习俗了。

随着一个新生命来到世界上，孩子的取名问题便被提上了日程。不仅是藏族，在其他民族和地区的文化中都认为，给孩子取名是一件十分郑重的事情，这关系到孩子一生的发展。在藏地，人们通常是要请高僧或者有福气、有威望的长辈来给孩子取名，当然，在有些时候孩子的父母也根据自己的意愿来给孩子取名。新生儿的名字，多是与宗教有关，或者表达赞美、祝福，或者是体现一种纪念。但是与宗教相关的名字，在藏族人名中所占比重很大，因此，藏族朋友中同名者甚多。比如曾一起共事、学习的藏族朋友中，名叫“扎西卓玛”（吉祥仙女）的就有十几人，叫“多吉”（金刚）、“丹增”（圣法）、“曲珍”（佛灯）、“索朗”（福泽）、“德吉”（幸福、幸运）等名字的人数也十分多。

在藏地，人们对火灶敬畏有加，因为火塘中有灶神，所以需要谨慎对待。如果有人不小心亵渎神灵，那就会带来灾难。藏族朋友们很忌讳往火灶中吐痰或者将垃圾扫进火塘焚烧，而且严禁跨越火塘，更不允许将不洁净的东西放在火灶旁。

不仅家中的火塘火灶要保持干净，经常清理，而且在野外搭建起的临时用的火灶，在离开时也要清理干净。不仅如此，在离开之前，还要在灶石上放置一些食物或者茶叶，用以祭奉灶神。这种习俗也是因袭了远古先民们的万物崇拜情结。山川树木、江河湖海皆有神灵存在，那么这给人们带来温暖和希望的火，它自然也是神灵的化身。想想古时候，在每一个寒冷的夜晚中，人们围坐在明亮炽热的火堆旁，或者讲故事，或者说着知心话，那是一幅何其温馨美好的画面！

央珍说，雪域高原上的许多禁忌都与宗教信仰有关，这其中不仅有藏传佛教信仰，也有苯教信仰的遗迹。也正因此，雪域大地上的民俗文化才极其具有地域性特色。西藏的民俗文化源远流长且自成体系，在雪域大地上，藏族、门巴族、珞巴族还有夏尔巴人和僜人，这些兄弟民族共同生活在地球的第三极上，他们有着各自的民俗文化，也就有着各自的生活禁忌，在某些方面，他们有着某种一致性，但在细微处却也小有差异。对于他们的民俗禁忌，我们了解得或许还不够充分，但如果我们带着一颗敬重而真诚的心去和他们交往，以谦卑的姿态去了解他们的民俗文化，我想雪域大地上的朋友们还是很高兴和我们交流的。

Chapter 6
循着藏地大师们的足迹

曾经以为，他们都是端坐在佛殿里供人们礼敬的圣人，但当我一再地读到关于他们的传记，读到他们流传后世的著作，听到那些关于他们的民间故事时，我开始在脑海里勾勒出他们的形象。尽管五官相貌各有不同，但他们的眉眼间都有藏不住的智慧和慈悲。

很早以前就有这样一个心愿，能循着这些大师们的足迹，在他们生活、弘法的地方走上一遭。或者，能够亲身来到他们修行时住过的山洞，哪怕只是看上一眼，心底的夙愿便可得以了结。

我不是信徒，但我敬仰他们的慈悲。

01/ PART

莲花生大师：将圆满之光照亮雪域高原

在一些文献资料中把他称为“跨越喜马拉雅山脉的使者”，可见，这位大师并不是西藏本地人，而是外来的修行者。在这些文献资料中还提到过他身手不凡、智慧无双，他克服了那些在弘法之路上的阻力，制伏了各路凶神恶煞，他的这些神奇本领令人们大开眼界，心生崇敬。他以过人的智慧和清净誓愿赢得了吐蕃人民的信赖与爱戴，将佛光智慧播种到雪域高原。

他的英名留在了这块土地上，关于他的事迹渐渐演变成颇具传奇色彩的神话故事。生活在现代的西藏同胞们说起他时，目光里都放射着恭敬的光芒。

人们已经把他看作是一尊神灵了。他叫莲花生，故乡在今天巴基斯坦坦瓦特河谷一带，公元8世纪的时候那里叫乌仗那，是一个聚集着许多修行人的地方。

在关于莲花生大师的传奇故事里，他被描述成一个不食人间烟火的仙童。但在一些故事里，他却是一个有血有肉有烦恼，在解脱之路上不断努力的普普通通的修行人。莲花生的传记中说，他的父母都是有着殊胜成就的修行人，为了获得更进一步的修行，母亲便带他离开了原来的家，决定要过一种清净简单而且对修持毫无障碍的生活。

莲花生的母亲带着他前往南部印度，据说那里有许多修行甚深的大成就者。为了赶赴一场法会，母亲就把年幼的莲花生藏在了一朵盛开的莲花下，那莲花大如车轮，散发着缕缕清香。她以为这样便可万无一失，可当法会结束后，她急匆匆地赶回来时却见不到儿子的踪影了。悔恨交加的莲花生母亲确信自己的幼子已经被什么野兽吃掉了，要么就是溺水身亡。可她想不到的是，这个聪慧的幼子不仅活得很好，而且还有了疼爱他的新父母。

南印度的因陀罗部底王与妻子恩爱非常，可惜无儿无女，他们很虔诚地祷告，希望能得到一个聪明健康的孩子做王位继承人。这样虔诚的祷告已经有些年头了，但还是没有遇到因缘相合的孩子。于是，这对年迈的国王、王后更加伤心难过起来，甚至还有些焦躁。可这种焦躁没有持续多久，便在一位修行高深的人那里得到了一个喜讯：在某地莲花池内，就有一个灵童，请国王在某日某时前往，必定能够心愿得偿。老国王虽然心生疑虑，但还是不顾劳顿，率人前往。这一趟远路走得值啊，他们在大如车轮的莲花下面找到了一个清秀聪慧的男童，这便是莲花生。

在其他的传说故事中描写道，这个小灵童乃是在莲花中化生的。某年月日，年迈的国王来到湖边，在适因适缘的安排下，他看到了端坐在莲花上的小男童，膝下无子的老国王便把孩子带回家。虽然这两个故事的开头有些不同，但后面的发展却是大同小异：被带回王宫的莲花生得到了养父母的宠爱，他天资聪颖且清秀可爱，加之又有相术专家的预言“这位小王子神圣而高贵，且具备如佛陀一般的高贵品质，注定了他必然会成为一位广度众生的大成就者”。很显然，这不是国王想要听到的预言结果。但在连续请了多位术士之后，国王听到的都是一个意思，这孩子必然会离开王宫，成为一个无上的修行人和成就者。老国王开始有些伤心了，如果这个孩子真的要出家修行，那么王位岂不是又后继无人了？

可再怎么不情愿，事情的结果还是按照最初的预言那般应验了。在掌握了世间各种学问之后，莲花生隐居在修行清净地，在经过一番苦修之后，他发下极为弘深的誓愿：要把佛法传播到更多的地方，使更多的有情众生在佛法的智慧光芒中获得究竟圆满。

为了实现这个誓愿，莲花生大师来到了雪域大地。如他最初所料想的那般，这条弘法之路走得并不顺畅。在莲花生大师进藏之前，已有一位高僧——寂护来到吐蕃进行弘法事业，但无奈的是，当时吐蕃各路神灵都纷纷刁难这位远道而来的高僧，先是一个滚雷劈了红山上的王宫，紧随其后的便是瘟疫和饥荒，老百姓怨声载道，崇信苯教的大臣们可得了意——眼下正是驱逐佛教僧侣的好机会。寂护大师被迫离开吐蕃，临行前他对前来送行的吐蕃赞普赤松德赞说："要降伏雪域大地上的一切凶神恶煞，唯有请来乌仗那的莲花生。"

在这里我想插入一个小故事：据说那些迎请莲花生大师的使臣们虽然非常虔诚恭敬，但他们对这位传奇人物还是稍有怀疑。而且由于长年苦修，莲花生身体较为瘦弱，怎么看都不像是一个神通广大的人物。这些使臣心头的疑惑，莲花生岂能不知？恰好他们要乘船过河，这些骑惯了马的使臣根本受不了浪涛颠簸的滋味，不禁连连叫苦，而他们再看这位远道而来的大师，他镇静自若，不动不摇。莲花生看着这些面色灰白的使臣发起大慈悲心，便用神力使河水变得平静。这些使臣跪拜在大师面前，生起了坚定不移的信心。走完水路便是陆路，可这一路上仍然没有平静可言，先是有念青唐古拉山神施法，眨眼间便阴云密布，继而冰雹砸了下来，莲花生以更高强的法力制伏了这位不可一世的神灵。然后，又有雪山白龙前来挡路，当然，他轻易地就被莲花生制伏了，在众人的眼下逃之夭夭。进入吐蕃大地这一路上，莲花生使用种种法术，一一制伏了那些拦路的凶神，使他们皈依佛门并且成为护法。这些描写虽然有夸张的成分在，但也表明了那个时候苯教与佛教之间的矛盾。

在西藏自治区山南地区坐落着雪域高原历史上第一座佛、法、僧三宝具足的寺院——桑耶寺。这座寺院的建立，标志着佛教从此扎根于雪域大地。

据史书记载，桑耶寺开始修建于公元 762 年，作为藏地第一座真正意义上的寺院，它真可谓是“极尽荣宠”：藏王赤松德赞亲自为寺院举行奠基；在十二年后，寺院终告建成，藏王不仅举行了规模盛大的开光仪式，而且还不惜重金从当时的印度各地以及唐朝、于阗等地延请高僧大德入住寺院传法译经、弘扬佛法。

稍微具备西藏文史知识的朋友，对这些记述并不会觉得陌生。但桑耶寺最初的设计者是谁，它又有着怎样的建造因缘，那恐怕就知者甚少了。

西藏地区区域辽阔，可为何要把桑耶寺修建在山南地区呢？在莲花生大师的传记作品以及一些文史典籍中是这样解释的：自从佛法传播到吐蕃地区，就一直受到外界的各种干扰，雪域高原的地势如仰卧着的罗刹女，莲花生大师所选的桑耶寺的位置则恰好是罗刹女的心脏处，而且在肚脐的地方，还要修盖一座佛塔，在四肢处也要建造大小佛塔，如此一来，佛法在雪域大地上才算是真正地扎下了根，不会被外界轻易干扰。

桑耶寺以乌孜大殿为主体建筑，按照佛经中所谓的“大千世界”的结构进行布局。乌孜大殿象征着世界的中心须弥山，分布在大殿四周的四座小殿则象征着四大部洲与八小洲，寺院内的日月两殿象征着空中的太阳和月亮，寺院四周的围墙象征着铁围山。由于中心佛殿兼具藏、汉、印三种建筑风格，因此桑耶寺又被称为“三样寺”。

在桑耶寺的建造过程中，出现了种种难以想象的逆缘违愿，不仅有鬼神暗中破坏（其实是崇苯抑佛的权臣在故弄玄虚），而且当寺院建造到一半时，藏王赤松德赞宝库中的银钱便已经见底了，很难再继续支撑后续的建筑费用了。赤松德赞为了这些事情整日烦恼不已，但莲花生大师却信心满满地说他有办法。莲花生为了化解这些危机便找来龙王、龙女，并从他们那里得到了继续修建寺院所需的财宝。为了这座寺院能够永远清净安宁、护佑雪域众生，他还指派了神祇来守护寺院。

桑耶寺竣工之后，藏王赤松德赞将吐蕃居民都召集到一起，要大家都来参加桑耶寺的开光典礼。开光仪式盛况空前，一直持续了数日，桑耶寺地区都是人山人海，男女老少均身穿盛装，大家载歌载舞，人人面带欢喜。除了开光仪式，还举行了一系列的娱乐活动：舞蹈、赛马、骑射、杂技等等。规模空前的开光仪式、丰富多彩的娱乐活动，这些都轰动了整个雪域高原。但最有历史意义的还不仅仅是这些。

寺院落成后，便有七名贵族青年剃度出家，这七人中后来最为著名的有毗卢遮那、塞囊、贝扬等人。这七人开了藏人出家之始，史上称其为“七觉士”。尤为值得一提的是，藏王赤松德赞的一位妃子没庐氏率领三十多名贵族女子也在汉地来的高僧摩诃衍座下剃度出家，成为藏族第一批尼众。根据史书记载，当时先后有三百多人受戒出家。赤松德赞为了培养佛经翻译人才，还派年轻有为的贵族子弟前往印度学习，并延请印度高僧无垢友、法称等人来藏入住桑耶寺，翻译佛经。

相传，莲花生大师观察到吐蕃地区佛法的缘起后，认为必须要用极为特殊的善巧方便才能有效地弘法度众，因此他选择了许多原本是苯教的神灵作为佛教的护法神。这样一来，当地的居民就不再一味地排斥佛教了，而是把佛教密宗视为与苯教相似的一种宗教来对待。

佛法能够在雪域大地上牢牢扎根、开枝散叶，莲花生大师功不可没。在流传后世的各种版本的传记、故事、史料中，人们已经将他视作创造神话传说的一个神明，而不仅仅是一个具有无边智慧、大慈悲心的修行者。

除了降伏雪域苯教的各路神灵、与寂护大师共同设计并主持修建桑耶寺、剃度七觉士出家这些殊胜功德之外，莲花生大师还留下许多佛学著作，比如我们都很熟悉的《西藏度亡经》，便是出自莲花生大师的笔下。除此之外，还埋有伏藏传承，他将佛法本土化，运用了许多善巧方便使得雪域众生的心中从此有了光明清净的祈盼。

在传记作品中，莲花生大师被赞誉为“诸佛菩萨的总集”，具有诸佛菩萨的功德，有着不同凡俗的身世：“莲花生大师未经胎污 / 生于莲花没有生和死 / 征服三界而调伏三有 / 说出法名内容就知晓 / 又显密二宗都不陌生 / 尤其可称内密宗主人。”

还有些传记作品对尚是幼童的莲花生与因陀罗部底王相遇时的情节描述得极为优美细腻。在郭夏海的莲花蕊中，因陀罗部底王看到一位宛如八岁大的小幼童。这小童具足众相，身体健康，脸上浮现着庄严的光彩，肤色宛如海螺般敷上了清净美妙的颜色，晶莹剔透，闪闪发亮，在日光的照耀下，晃耀生辉。当问及这小童的身世时，他是这样回答的：“持明智慧是我的父亲，而现前的空性就是我的母亲；我的故乡是在那无生的法界当中，我的姓氏是持明与法界两者合一的殊胜种姓，而我每天所吃的食物是根本与后得两种现观现觉的智慧；我在这里每天所做的事情，就是消除我心中的烦恼啊！”

如果说，人物传记中的这些描写为我们刻画出的莲花生大师是一个身世不凡、聪慧通透的神灵形象，那么在一些比较严肃的文史著作中,也不乏见到这种描述。比如在拔·塞囊所著的《拔协》中是这样描述莲花生的神力的："（那些埋伏在路边的杀手）有的拉满弓，有的拔出刀，准备刺向大师，但大师结手印，18人立刻变得像泥塑雕像一样，不会说话，不能使武器，也不能收回武器，直直地僵在那里。”当然，莲花生并不会真的要取他们的性命，而是给了护送他的人一把荠菜籽，命他待自己离去后把这些芥菜籽抛下，那些杀手就可以恢复行动和说话的能力了。

在一些文献中，即便没有如此夸张的描写，但也列举出莲花生大师的许多功德：他不仅精通大小五明、显密二教，而且还善于教化，心怀大悲，持方便法门，为解救世间的苦难众生而不遗余力。他对这块土地的影响是如此的深远，直到现在，在西藏的大小寺庙里，总能见到莲花生大师端严慈悲的造像。

作为8世纪印度著名的宗教实践家和咒师，以及藏传佛教宁玛派的开山祖师，莲花生大师不仅克服了重重困难，把密宗带到了雪域高原，而且通过一系列的努力和善巧方便，调和了西藏本土文化和外来文化之间的矛盾，完成了吐蕃佛教的本土化，使印度大乘佛教在西藏扎下了根。他在使用咒术制伏吐蕃苯教的过程中，也吸收了很多苯教的仪轨和巫术，这便实现了印度佛教与苯教的有机融合，确立起佛教在西藏社会和文化中的地位，为日后佛教文化在西藏的传播打下了基础。

写到此处不禁想起之前在一位藏族家中所见的画有莲花生大师像的唐卡。那位朴实憨厚的藏族朋友对我说，不论遇到什么难心的事情，他都必定会在莲师像前祈请祷告。虽然有些时候难关还是依然存在，可心头到底是像燃起了一盏明灯一般。

在听了他的这番话后，我便学着这位藏族朋友的样子，也虔敬地祈请莲花生大师，希望自己此次出行顺利平安。我把自己的心愿说出来后，又有些惶恐地问："我这人，是不是太自私了些，只顾得希求自己的平安顺利。大师不会怪罪吗？"

"怎么会？莲花生大师有着佛菩萨一般的慈悲胸怀，怎么会怪罪一个虔诚之人的真实祈愿呢？"他一边说，一边递过来一碗酥油茶。在那略微昏暗的光源下，我一直望着他那张遍布沟壑的脸，还有脸上一双深陷的眼。在那目光中闪耀着的，便应该是一种被人称作是"慈悲"的光芒吧。

——莲花生大师当初许下度化一切有情众生的清净夙愿，当真是实现了呢。

02/
PART

米拉日巴：从仇恨中走出来的觉悟者

据说米拉日巴尊者入灭时身边只有一块糖、一把小刀和一片麻布，但是在他留给弟子的话里清楚地说明这些东西是经过诸佛加持过的，用刀切开糖块、割开麻布，便可无限切割下去，会得到无数的糖和麻布，这样就可以布施给那些生活困苦的人们了。

在另一些文史典籍中记载道：尊者米拉日巴一直进行严格的苦修，他在后藏的岩洞中修行时，只是用一袭麻布包裹身体（而另一些作品中则说，他是赤身裸体修行的）；每顿饭都是以荨麻叶或者是山岩间的野菜作为主食而且不加盐。他身形嶙峋，骨瘦如柴，因为长期食用荨麻，以至于他的皮肤都变作了绿色。有位猎人追赶猎物而误入岩洞内，借着微弱的光亮，猎人看到的是一个散发着幽幽青绿光芒的怪物。他哪里知道，这便是大觉悟者米拉日巴，以至于在慌忙逃跑的同时还不住地惊呼："有鬼！有鬼！"

民间流传着这样一个故事：某天夜晚，山林里寂静一片，米拉尊者正在山洞里修行。有个小偷竟然来到了米拉日巴所在的山洞里，借着夜色东翻西找，希求能找到些值钱的东西。但在好长时间的翻找之后竟一无所得，不禁气恼起来。正在这时，从山洞深处竟有笑声传来，笑声过后，山洞深处传来一句话："我白天找不到的东西，你在晚上就能找到了吗？"

"哈，看样子是个修行人吧，不然怎能说出这么充满智慧的话语。"小偷壮着胆子，循声望去，见有一团绿色端坐在那里。开始小偷着实吃了一惊，继而不由得也笑起来。据说，这个小偷后来在米拉尊者的座下受戒，成为一名修行人。

作为噶举派三大祖师之一，米拉日巴真可称得上是"从仇恨中走出来的觉悟者"。米拉尊者前半生充满了种种苦痛折磨，但他在后半生却以道歌的方式向人们传递着佛法智慧，帮助民众开解烦恼。

米拉日巴的祖籍原本在藏东琼保一带，也就是现今的丁青县。

从曾祖父那一辈起便来到贡塘讨生活，祖父和父亲都是以经商为业，积累起庞大的家业和无数财富。如果不是因为父亲染病离世，狠心的姑母、叔父又霸占了他家财产并虐待米拉日巴和他的母亲、妹妹，那么米拉日巴就不会犯下滔天的过错，当然，历史上也就不会有这样一个人物存在了。

原本，米拉日巴和小妹过着无忧无虑、衣食不愁的富裕日子，他们头上戴着金银饰物，在慈祥的母亲身边嬉戏玩闹，享受着父母的疼爱呵护。可怜的是在米拉日巴七岁那年，父亲病故，家族中颇具权威的叔父和姑母又侵吞了他们的财产，还把米拉日巴和他的母亲、妹妹当作奴隶使用，每天食不果腹、衣不御寒，被人侮辱嘲笑。米拉日巴的母亲原打算等他长到十五岁时就向姑母、叔父讨回财产，可这些无赖泯灭人性，还把米拉日巴的母亲好一顿羞辱。

母亲哪里还能忍下这口气，她把娘家作为陪嫁的一小块田产给卖掉了，敦促儿子踏上寻访咒师、学习咒术、报仇雪恨之路，卖掉田地的那些钱就作为路上盘缠和供养咒师之用。年轻的米拉日巴不敢也不忍令母亲失望，在寻访到有名的咒师后，他如实地讲述了自己的苦难经历。当他学成归来、顺利复仇之后，母亲远远地便出来迎接，她用木棍挑起一件破烂衣服，一边摇晃着一边高声叫道："供养啊，祭祀啊，神圣的上师三宝！"

米拉日巴为了复仇，使用咒术杀死了姑母、叔父在内的三十五个人，还召唤冰雹毁掉了全村一年的收成。虽然大仇得报，了却了母亲心愿，但米拉日巴却日日夜夜都在恐惧中忍受着煎熬。在某一天，他投奔到当时的大译师玛尔巴那里，要跟随他修行，以脱离痛苦的境地。

为了涤除罪业，玛尔巴便狠着心地折磨米拉日巴：要他独自建造一座碉堡，每次修建到一半时，玛尔巴都命令他拆除重建。如此循环往复，以至于米拉日巴的后背在不停地背负土石等建材时磨出了血泡，而由于得不到及时的医治，米拉日巴的后背几乎是一片溃烂。

开始，米拉日巴的心头对玛尔巴充满了恨意，虽然师母很疼爱他并处处对他加以照顾，但米拉日巴还是萌生了离开玛尔巴去别处寻师修行的念头。但很不幸，米拉日巴根本就没能走成。在一些文献中说，玛尔巴根本就不放他走，还把他关进了小黑屋里。但也有一些资料记叙道，米拉日巴在离开玛尔巴之后又返回来继续追随他苦修，一直到恶业除尽，他便开始修善业，待到对善业也生起了出离之心，便成了闻名当时乃至后世的大成就者。

初次了解到米拉日巴尊者，是通过他留下的那些道歌。作为一名修行者，米拉尊者自然会以修行感受作为道歌的主要内容，其实这与米拉尊者坎坷痛苦的人生经历有着莫大的关系。在桑杰坚参的《米拉日巴传》中，作者以生动的笔触描写了米拉日巴家破人亡后的凄惨生活，读来不难想见米拉尊者在当时所受的痛苦：

在黄昏无人的时候，我（米拉日巴）独自跑到河边，痛哭了一场。天一黑就走进村子里，回到家中，就如同梦中所见，屋外的地上长满蒿草，我家那栋如同寺庙一样的房屋坍塌了。我进屋一看，《正法宝积经》被漏下的雨水淋得七零八落，同时灰尘积聚，已经破损不堪，成了老鼠和鸟雀的巢穴，以及粪便秽物的堆积处。

米拉日巴的童年时代原本享受着富贵生活，如今他看到这样残败破落的境况，如何不痛苦伤心呢？世间的富贵荣华本来就不会长久存在，即便是山川江河、大地万物，也在时刻发生着变化，而这便是佛法所说的“无常”。人类在这样的变化面前，在各种意想不到的灾难和不得不承受的痛苦面前，总是弱小而无力的，所以人们需要有一种外在的力量，能够引导人们回归自心，变得坚强起来，在现实的苦难中找到活下去的勇气，找到一种心灵上的支撑。

在经历过如此大梦大幻的起伏人生之后，米拉日巴带着那颗早已坚定如金刚一般的求道证悟之心来到后藏开始苦修生活。虽说这种苦修生活的艰苦程度已经超出了常人的想象，但我们依然能在传记作品中看到不少有趣的故事，而这种“有趣”的风格，或许正是因为作者在如实地记叙人物经历的同时，以绝妙的文笔刻画出米拉日巴在生起出离心之后却依然保持着豁达的心态有关。

在《米拉日巴传》里记载道，某天从娘昂杂来的猎人没有捕获到任何猎物，便只能到处找山林中的住户，希望能吃点东西补充体力。当猎人看到身穿茅草袋子的米拉日巴正在坐禅时，他便提高声音问："这是人还是鬼？是山神还是野兽？"米拉日巴只得说："是人。"猎人便说："那么请你借我些食物充饥吧，日后我会加倍奉还的。"米拉日巴倒是愿意帮忙，可他平时吃的只是荨麻或者野草。猎人说："你吃什么，就给我吃什么吧。"米拉日巴只好找来荨麻，让猎人生火煮荨麻吃。

尽管不情愿，但为了填饱肚子，猎人只得生火煮荨麻，他说："请给点酥油放里面吧。"米拉日巴摇摇头，"我已经好几年没有吃过酥油了。"

"那么,请给点佐料吧。"猎人一脸的无奈。米拉日巴还是摇头，"我已经好几年没闻到过佐料是什么气味了。"

"那么，无论如何，盐总不会没有吧？"猎人继续追问。米拉日巴继续摇头，"我已经记不得盐是什么样子了。"

在这样数年如一日的苦修中，米拉日巴的身心沐浴在佛法中，但他的妹妹却不是这样想的。妹妹本来是怀着欢喜到米拉日巴苦修的地方看望他，可是等她见到在洞里打坐的哥哥时却不敢相认，一张瘦削的脸上双目深陷，骨架高耸，浑身发着淡淡的绿色，瘦如干柴，肉和骨头好像要分离的样子，头发蓬乱披散，四肢仿佛将要断裂一般。

妹妹高呼“救命”时，却听米拉日巴温柔地呼唤妹妹的名字。兄妹相逢本是喜事，可妹妹却哭晕在米拉日巴的脚边。望着米拉日巴这副非人非鬼的模样，妹妹说阿妈在思念儿子的心情下离开了人世，失去阿妈后，她只得四处流浪、乞讨。“哥哥，我们回到家乡吧，当初迫害我们的人已经不在了，我们兄妹好好地生活吧。”面对妹妹的苦苦哀求和劝说，米拉日巴只是一再地摇头。

在桑杰坚赞所著的《米拉日巴传记》中，还有这样一段描写：某一天，米拉日巴打算换一处修行地点，可能是担心被妹妹再次找到吧，或许是为了躲开那些猎奇的村民，总之，他打定主意要离开原先的修行地。他身边没有任何家当，仅有一只用来煮荨麻的陶罐子，而且罐口有多处破损。当他背着这仅有的家当走出山洞时却被脚下的藤蔓给绊倒了。人摔成什么样子，传记中没有记载，但那只陶罐可是摔得稀碎。

面对着这些碎片，米拉日巴发起了呆，他想到，世间一切有为法（即佛教所说的因缘和合而生诸法，）果然皆是无常。这一跤倒摔得他对精进求法有了更为深刻的体悟，也因此，他更加厌弃世间，求道解脱之心更为坚定了。

传记上说，米拉日巴望着这堆碎片还唱了一曲道歌：

陶罐现有又现无，
例证有为皆无常，
更示人身亦无常，
因此瑜伽米拉我，
应无散逸苦修行。
我的财产唯此罐，
如今破罐是上师，
宣示无常之法真奇哉！

像这种语言通俗、形象生动且富有韵律的道歌，相比于那些高深艰涩的佛学术语，这类道歌很对普通百姓的口味，再加上在一些道歌中还加入了米拉尊者本人痛苦心酸的人生历程，便使其更具有了感人肺腑的艺术效果。在八廓街散步时，同行的藏族朋友便轻轻地哼唱过米拉日巴的一首道歌，只不过，那一天我们的心情都充满了阳光，以至于原本应是悲悲切切的道歌却洋溢起轻快的节奏。但是在那天晚上，我窝在房间里再次读起《米拉日巴传》时，眼前却不停地闪现出米拉尊者最后的生命时光：那一年他已是八十四岁高龄的老人，就在这一年，他功德圆满，证入了无上的大光明中。当时，天空降下花瓣，大地发出法音，一定有人看到了山间的虹光。

可能连米拉日巴本人也不曾想过，在他圆寂之后，噶举派的另一位著名人物桑杰坚赞会以书写人物传记的方式来纪念一位苦修者。这位桑杰坚赞也是一个“奇人”，平日里，他以化缘度日，生活十分清苦。由于他的行为举止异于常人，所以当时的人们都称他为“藏宁”(即“后藏疯子”)。作为当时著名的传记文学作家，桑杰坚赞还有乳贝坚金、查同杰布、黑如嘎等别名，除了《米拉日巴传》之外他还著有《玛尔巴传》。

在《藏宁黑如嘎传》中，桑杰坚赞谈到过创作《米拉日巴传》的目的，他不仅是要弘传噶举派的教法教义，还要以米拉日巴为参照，树立起一位艰苦修行、实践佛法教理并在修成之后度化世人的大成就者的形象。作者塑造米拉日巴这个形象，讲述米拉日巴修行悟道的故事，自然是为了普劝世人一心向佛，成为一名心地纯真的佛弟子。而米拉日巴之所以能成为藏传佛教史上一位颇负盛名的人物，不仅因为他是密宗修行大师、噶举派的第二代祖师，而且还在于他开创了既富于佛教哲理色彩又富有藏族民歌特色的“证道歌”这一文学形式。当然，他留下的还有无数个激动人心的故事，而在他的故事里，我们不难看到曾经的自己。

03 PART

宗喀巴：是大德，也是诗人

宗喀巴，本名罗桑扎巴，出生于宗喀地方（即今青海湟中）。三岁时，他跟从四世噶玛巴乳必多吉受近事戒，七岁时又依止端智仁钦领受了沙弥戒。反观这个年龄的其他孩童，正是贪玩的时候，可他却迈入佛门，在青灯古佛旁学起导师的样子，开始念诵经咒。导师对这个孩子关爱有加，期盼着他能够成为藏地的一代宗师，将佛法的清净种子撒播到每一个众生的心中。

这个孩子后来长成了翩翩少年，在十六岁那年告别家乡，决心前往乌斯藏（西藏）求取佛法。原本我以为，他会义无反顾地一直向前走下去，但没想到他还是走了回头路，因为他还没有彻底了断对家人的思念；但我更没有想到的是，他又放下了心中对家人的念想，以更加坚定的步伐朝向目标地点走去。我想他一定是在彻底放开思乡情怀的刹那便已经将苦难众生揽进了自己的心怀。唯有装着众生的人，才能无畏无惧地一路走下去。

第一次走回头路，那是因为他听到了母亲托人带来的口信，老娘亲殷殷嘱咐他务必回家看上一眼。年轻的僧人泪如泉涌，于是调转方向，朝着家乡的方向走去。但在返乡的行程中他又时常想起恩师的嘱托，一时间心中很不是滋味。求法还是归家必须做出选择，如果换成是我，我必然想的是先回家探望母亲然后再踏上求法的路程，可那是 14 世纪，交通十分不便，如果真的这样做，那也真的是太任性了。刹那间，宗喀巴的心便平静澄明下来，世俗的挂碍如同秋空中的流云一般渐渐散去。他跪倒在地，朝着家乡的方向拜了三拜，再次调转方向，向着求法之地走去。

在这之后的岁月，便是宗喀巴大师求学修行的漫长历程。从《宗喀巴大师传》中我们了解到他师从过噶举、萨迦、噶当、夏鲁诸派的高僧大德，在四十多位高僧中，仁达娃·勋努罗追对宗喀巴的影响尤其深远。

宗喀巴大师提倡戒、定、慧三学并修，其理论观点主要源自于中观应成派。印度佛教晚期的中观应成派思想乃是其佛学理论基石，在此基础之上，宗喀巴又融合寂护、莲花生、莲花戒、寂天、阿底峡等历代佛学大师所传的修习次第。从这一点便可看出，宗喀巴有着庞大博深的佛学思想体系。

在宗喀巴的佛学思想中，他认为“缘”乃是一切事物现象生起的条件，在宗喀巴著、法尊译注的《缘起颂》中他写道：“恒作饶益者，为益众生故，说教藏空性，无比决定因。谓缘起道理，见相违不成，此于尊教法，如何能了知。”又说：“诸余有情，由依因缘执有自性，故成系缚，诸善巧者，即依彼因遮有自性，于无自性，发决定智，能断一切边执网缚，故缘起因，成无自性，是极稀有，善巧方便。”世间诸般事物现象莫不是依赖着内因外缘等诸多条件而存在并发展变化着，但人们总是深陷于其中，并且执着这些不断变化的“缘”而成为捆绑身心的系缚。因此宗喀巴才认为，如果通达了缘起法则，那便成就了极为殊胜的智慧。

在一些其他版本的文史著作中称，某一年的秋季，宗喀巴收到了一位进藏经商的商人带来的物品，那是他那年迈的母亲拜托同乡给他捎带来的一些生活用品还有一封家书，据说在书信里还夹带有一缕银发，那是宗喀巴母亲的白发，如海螺一般晶莹的白发。若说对家乡、对父母毫无挂念，那是妄言，但宗喀巴一想到自己还未完成求法的学业，一想到自己复兴佛教的决心，便不得不狠着心克制着自己的思乡之情。他托人给母亲带去了书信和自己的画像，然后望着故乡的方向默默祝祷。

选择了坚定的信仰，就必然无法在父母膝前尽孝，无法两全但也要做出一个折中的办法。这种折中的做法，在宗喀巴大师晚年时又出现了一次。那是在1408年和1412年间，即传召大法会举办的前后，永乐帝朱棣先后两次派使臣前往西藏召请。第一次宗喀巴犹能以“年迈体弱，身体患病”为由谢绝，但第二次就不那么好办了，虽然宗喀巴大师不能亲自赴京，但依然派遣自己的亲传弟子释迦也失代为面圣。在弟子进京面圣期间,大师写下《辩了义不了义》《中论注疏》等佛学论著。

在藏传佛教史上，宗喀巴被尊称为“第二佛陀”，关于他的传记作品版本众多，但以法王周加巷所撰写的《至尊宗喀巴大师传》最为常见。法王周加巷为嘉庆至道光年间人，著名藏学家郭和卿先生认为此传记周密翔实、辞藻华美、文字流畅。在《至尊宗喀巴大师传》中，法王周加巷写道：“从宗喀巴大师住胎以来，诸方境域中，疾病不生，乱事宁息，五谷丰收，财富增长。诸人士也都性情贤善，不起争端，精进善业。如是等情器世间的许多殊胜瑞相，犹如不速之客自动到来。”这些文字虽有夸张之嫌，但也表露出不论是传记作者本人，还是当时乃至后世的百姓，无一不是对宗喀巴大师顶礼爱戴、崇奉备至。

宗喀巴还是一位佛门诗人，现今流传下来的《宗喀巴大师证道歌》便是他本人所创，由仁钦曲扎所译。这篇证道歌读来琅琅上口，所阐述的佛法教理却极为深刻。大师一生著作颇丰，计有一百六十种之多，我们所熟知的《菩提道次第广论》《密宗道次第广论》等均出自他的手笔，因此宗喀巴大师有着“百部之主”的称誉。公元1419年，这位创建了藏传佛教最大教派格鲁派的一代宗师在拉萨达孜县境内的甘丹寺圆寂。在《至尊宗喀巴大师传》中还详细地描述了这位大成就者的身后事：

那时，从寺外到寝室，各方屋顶上，墙沿诸处，晚间都排列着无量明灯，进行供养，寝室门前和外面说法院及分院诸处，都排列着油灯，进行供养。整个通宵，油灯火焰，从无微风吹动。此外，诸天神真实显现来做供养，诸勇士、空行母也显现，以不可思议的俱胝音乐，在中夜里鸣奏起来，在白昼间，一些人的耳中，也听到以前没有听过的声音传出。

很遗憾的是，我们此次行程无缘在拉萨多待上几天，不能更为深入地探寻大师的足迹，但在这仓促的行程中，却有缘结识那些和善博学的僧人，有缘听到长辈们讲述起宗喀巴大师的故事，这也真的是此生最为珍贵的记忆。

在这一段时光里，我的心从来没有如此安定过。我是多希望在人生此后的岁月中总能保持着这样安定平和的心境，但这念头刚一生起，我便自己先笑起来：又执着了不是？想来这样的执着在此次的雪域之行中从来就没有减少过，可这是否能够从另一个侧面说明自己对这块土地的无比热爱呢？

在这里需要特别提到的是，除了法王周加巷的这部《至尊宗喀巴大师传》流传于世之外，还有一切智克珠杰（宗喀巴大师的高足）所著的《宗喀巴大师密传》、绒哇·却扎嘉措所著的《宗喀巴大师妙传花束》、喀纳译师的《宗喀巴大师传》、大成就者恰那多吉的《宗喀巴大师历代降生史悬记》等等，这些传记史料在法王周加巷的传记作品中也被引用到。可见，这部《至尊宗喀巴大师传》不仅极富有文学色彩，而且还拥有着不可估量的史料价值。请原谅我在这里的啰唆吧，谁让我在这适因适缘的际遇下，首先遇到的是这部传记呢，更何况又是它平复了自己内心不时出现的躁动，所以，我对这部传记作品的感情是很深厚的——这算不算是另一种意义上的执着？

04 PART

萨迦班智达与《萨迦格言》

萨迦班智达·贡嘎坚赞绝对是蒙藏民族关系史上值得大书特书的人物，他是位智慧的大学者，也是位慈悲的政治家。作为西藏第一位班智达，他不仅掌握了显密二宗，而且还博通大小五明。他在佛学上的造诣在当时无人能比，也正因此，他被视为雪域三大文殊化身之一。

公元 1182 年，即藏历第三饶迥木虎年，萨迦班智达出生于昆氏家族，与其他高僧大德一样，在他出生时，也出现了许多神奇的瑞兆，在此后的求学经历中，贡嘎坚赞也多神异之事。据说，萨班的母亲曾在睡梦中梦到龙王前来，这龙王投入母胎之后，萨班的母亲便感觉到身心异常的安乐，时刻都沐浴在难言的平静中。萨班出生时，仲曲河谷闪现出耀眼的佛光。萨班刚一落地，就能流利地讲一口梵语，这使他的父母坚信，这个孩子必定是与佛门有缘的。

让后世众生得以铭记萨迦班智达这个名字的历史事件是“凉州会谈”。萨班作为西藏的地方代表，阔端代表蒙古王廷，此次会谈对历史最为深远的影响便是西藏从此正式归属于朝廷管辖，而且结束了西藏历时三百余年的分裂割据局面。从此，西藏与中原地区归为一统，同在中央政府的管辖下。

公元 1251 年 11 月 14 日的黎明时分，萨迦班智达圆寂于幻化寺。在萨班圆寂后，火化他时的奇异事件则被后人记录在《安多政教史》中，据说，萨班的弟子们在对他的遗体进行火化时能很清楚地看到火焰中化现出了文殊菩萨、胜乐金刚、观音菩萨、不动佛等诸佛菩萨形象并出现了许多舍利。

萨迦班智达·贡嘎坚赞在活着的时候便被人们视为吉星，不论他在哪里，那个地方都不会出现瘟疫，也没有凶神恶煞前来作祟,各种灾祸都消失了,当地的人们也互相敬爱。不论他走到何处，那里都是一片祥和，敌对和苦痛仿佛不存在了，财富和谷物也变得丰富。

作为萨迦派教主，萨班流传后世的著作很多，《学者入门经》《入声明论》《因明库藏》《正理藏论》等等均是他的佛学理论著作，但我没有这样的善根善缘能够接触到这些高深的著作，我读到的第一部萨班的著作是《萨迦格言》。这是藏族文学史上第一部哲理格言诗集，它成书于13世纪上半叶，被视为藏族学者的必读著作。

在这部《萨迦格言》中，既有治国为政之道，也有劝人勤奋向学之道，作为僧侣文学代表作，《萨迦格言》里自然少不了劝人积德行善、清心修行的内容。作为一名非常出色的社会活动家，萨迦班智达·贡嘎坚赞接触社会各个阶层的人士，他善于洞悉世情，观察世间百态，因此在《萨迦格言》里自然也会有教导人们如何为人处世的智慧话语。

其实从《萨迦格言》的九个章节来看，我们便不难猜测到每一章所说的大致内容:第一章，观察学者品;第二章，观察贤者品:第三章，观察愚者品；第四章，观察贤愚间杂品；第五章，观察恶行品；第六章，观察正确处世方法品；第七章，观察不正确的处世方法品；第八章，观察事物品；第九章，观察教法品。这九个章节包括格言诗四百五十七首，而这四百多首诗歌，却开启了藏民族文学史上“格言体”诗歌的先河。由于“格言体”诗歌巧妙地运用各种修辞手法，且将流传甚广的民间故事穿插在其中，所以格言诗所蕴含的较为抽象的哲理便以具体形象的文辞表达出来了，再加之音韵和谐，读来琅琅上口，因此后辈作家对此类文体多有模仿，如生活在 15—16 世纪哲蚌寺的格西索朗扎巴就创作了《甘丹格言》，而生活在 18—19 世纪的贡唐·丹白准美则创作了《水树格言》。

在《萨迦格言》里有一首赞叹学者、讥讽愚人的格言诗：

学者在学者中显俊才，
愚人对学者怎能理解！？
檀香虽然比黄金还珍贵，
请看愚人却烧成炭来卖！

（选自佟锦华著《藏族古典文学》，吉林教育出版社 1989 年版，下文的几首格言诗亦是从此书中所选）

在西藏民间流传着一则寓言：有个卖檀香的商人，他见自己的檀香销路不好，而邻居的木炭却容易脱手，便把檀香烧成了炭，指望着能赶紧卖出，这则寓言正是借愚人不知道檀香之珍贵，来比喻庸人不了解学者治学品格之可贵。

两个智者共同商量讨论，
就会产生更高的智慧学问；

姜黄和硼砂二者调和，

就会产生另一种颜色！

很明显，这首格言诗意在反对个人独断专行、鼓励大家集思广益。

须弥山绝对不动摇，

圣者像它一样坚牢；

如柳絮被风吹摇摆相仿，

卑劣者的行为变化无常。

尊者哪怕危及生命，

怎肯抛弃善良本性；

黄金虽然经过煅烧，

它的颜色不会变更。

在佛教的宇宙观中认为须弥山为世界中心，它是稳固而高大的。萨迦班智达·贡嘎坚赞在诗中以须弥山和黄金比喻意志坚定的圣者，赞扬他们不论在什么条件下都能不改本心，保持着坚定、果决的高贵气度。

学问小的人自大傲慢，
学者为人和蔼而自谦；
小溪经常大声喧嚣，
大海何曾常常吵闹！？

在我们的生活里也经常出现这种情况：越是有知识、有才学的人，反而越是谦虚和蔼；反观那些没什么学问还骄傲自大的人，他们反而最为喧闹聒噪，结果丢人出丑的也经常是这一类人。贡嘎坚赞用小溪和大海来分别比喻“学问少又自大傲慢者”“学问广博却和蔼谦虚者”，真是形象贴切地表明了“学然后知不足”这个道理。

蹄坑容易被水充满，
小库容易被财宝装满，
小块土地易被种子撒满，
愚者易被点滴学识所满。

这又是借用一连串的比喻来讥讽那种不谦虚、不好学、容易骄傲自满的人。贡嘎坚赞作为当时乃至以后都被人们赞誉的大学者，这与他终其一生的努力学习、不懈修行是分不开的。尽管在一些传记作品和民间流传的故事里都把他描写成一个具有种种天赋才能的神童，但读过《伤仲永》的朋友们都知道，一个人即便他有着过人的才能，可如果放弃了后天的努力，他也必然会一事无成。作为著名的学者，贡嘎坚赞从一位饱经世事的长者的角度出发，极力赞美刻苦努力、孜孜不倦的治学精神，他鼓励人们要养成谦虚好学的品质，而他的这些思想则对藏族的文化教育产生了极为深远的影响。

五世达赖阿旺·洛桑嘉措（1617—1682）在其著作《西藏王臣记》中曾如此评价贡嘎坚赞："投靠众多学者和得道喇嘛，精习工巧明、医方明、声明、因明、内明等大五明和文艺修辞学、辞藻学、韵律学、戏剧学、星象学等小五明。总之，精通一切明处，被称誉为'萨迦大学者'，美名远扬印度金刚座，经久而长存。藏地习学大小五明，蔚然成风，实靠此师之恩德！"（佟锦华著《藏族古典文学》吉林教育出版社1989年版）。

1251年，萨迦班智达·贡嘎坚赞在病危期间便已经预感到自己要回归到西天净土世界了，他将衣钵授予了八思巴。在简短的付法仪式结束后，他还不忘叮嘱八思巴："以前你对我所发的要利益无数众生的宏深誓愿，你可时刻都要牢记啊！"

在萨迦班智达圆寂之后，曾经多次向他请教大乘佛法的蒙古王子阔端也紧随其后逝于凉州。在这里需要再补充一点的是，萨迦班智达·贡嘎坚赞的佛学理论属于龙树的中观学派，他的"道果法”教授的教义实质上是与龙树学说一脉相承的，而龙树就留有许多格言诗，萨迦班智达对这些格言诗自然是非常喜爱，于是他便从加工龙树的格言诗开始而最终走上自己创作格言诗的道路，也正因此，他成了藏传佛教史上的著名诗人。

Chapter 7

静下来，然后继续赶路

很多时候，我们的累只是心累，这种累的滋味很难熬，只是不知你有没有深刻地体会到这种累的滋味。当我们在这漫漫人生征程上疲惫地前行时，总有一群我们的同类以一种淡泊、安然、宁静的姿态向世界展示着自己的生命。他们只是静下来，然后再继续赶路。

也许你会觉得，这样走走停停，简直是在蹉跎时光。可是我要说，唯有走走停停，那才是真实的人生。人，总还是慢热地活着比较好，当听惯了都市里的喧嚣人声，清净悠远的佛乐吟诵便成了某段生命中最美好的体验。

01/

PART

深入灵魂的禁地

曾经，为了来到这里要付出生命的代价，而现在只要你心中有梦，包里有钱，浑身有勇气，那么来到这个地方走一遭并不算是难事。甚至，你还可以让这趟旅程更加丰富有趣些。

这是一块深入灵魂的禁地，有着许多与虔诚有关的传说。这里的故事我很少听过，但却在梦里一次次地把这块大地抚摸。

没有来到这里之前，总是把这里想的特别神奇、特别神秘，之前曾经一脸傻相地向卓玛姑娘请教：“若是以雪莲入药，是不是真的可以青春永驻、长生不老？”而卓玛姑娘除了报之以苦笑便再无任何表情。后来她说，也有很多人向她提问，问的都是一些很奇怪的问题，这令她非常无奈。卓玛姑娘很想说，请大家亲自到这块土地上来看一看啊，不要再通过文字和图画臆想出一个神雾缭绕的西藏了，虽然，你所亲眼见到的西藏风景与你想象出的大不一样，但这才是真实的西藏，没有被过度神化的西藏。

曾经，我与身边的那些朋友一样，迷失在那些介绍西藏的文字里，我总是把这个地方自动脑补成一个令人神往的净土世界。初次踏足这块土地上时，确实扑面而来一种神圣庄严的感受，这也是我对西藏的最初印象。空气中流动着的虔诚敬信，当地藏族人眼神中流露出的迷茫和善，远处苍茫雄浑的山峰，这些画面都曾在我的脑海中浮现过千百次。

在进藏之前，我在地理书中对这里先有了些许最初的认识：印度板块与欧亚板块碰撞造就了青藏高原，在经过了长时间的剧烈火山活动和地震活动之后，这里才形成了现在人们看到的样貌。据地理学家说，在喜马拉雅地带以及藏北地带，都分布着远古时期的海洋遗物，可见，在几亿年前，这个高山耸峙、群峰连绵的地方乃是一片汪洋。

在远古时期，西藏已经出现了人类踪迹。后来，逐渐演变出六大氏族：赛、穆、顿、东、惹、柱。在这块土地上，曾经有过一个神话一般的时代。“猴子变人”的传说就是从那时流传开来的。那是一个英雄辈出的时代，比如我们所熟知的格萨尔王，神一般的存在。

20 世纪中叶，内地人眼中的西藏印象大概还只是停留在文成公主、唐蕃会盟、有着雄伟壮观的雪山和布达拉宫的地方。而随着最近几年各种旅行攻略、骑行手记的面世，内地人眼中的西藏又被贴上了净化灵魂的家园、与世无争的佛界净土、精神归宿等标签。

最近几年，关于西藏旅行类的书籍多了起来。这些旅行书中不乏有深度、实用性强的好书，但也有许多人对“来到藏地净化灵魂”之说报以嘲讽。西藏在被人们过分神化之后，又开始被过度消费，正如央珍姑娘所说的那样，人们都只是消费着“西藏”，却极少有人愿意真正地来了解它的历史、文化、民族风俗和人文风情。

当一些人用“穷游西藏”这样的标签来标榜自己的文艺情怀时，当他们啧啧惊叹于摄影师、诗人、作家、画家在他们的作品中表现出的西藏圣境时，当他们谈到西藏动辄便说起“那是一个净化心灵的地方”时，他们的心依然没有真正地贴近过这块大地。这里有广袤的草原，丰茂的植被，也有贫瘠酷寒的荒原地带；这里有煊赫一时的古代文明，也有连续数百年的混战内乱；这里有佛国的清净，也有难以计数的苦难；这里有浪漫奔放的情诗，也有被奴役压迫的人群。曾记得与藏族友人一起喝酒闲聊时他们还说，他们的家乡需要被更多人了解，是需要真真切切地了解而不是通过图片和文字以及传说来了解。这是一个需要去魅，需要还原其本色的地方。这个地方可能并不需要外界的赞叹抑或同情，而是不要以猎奇的目光对着她一再窥视。

海子在一首诗歌中写道："远方啊，除了遥远，一无所有。"这句话套用在西藏怕是也一样适用。那些怀着猎奇心来到西藏的人无疑都会以失望收场。我们的生活并不会因为在这里待了十天半月就会从此无有障碍，即便是在这雪域高原，我们在内地会遇到的麻烦也依然会在这儿遇到，曾经陷入的俗套也依然会在这儿继续。没错，这个地方，所见之处都能看到风马旗、玛尼石堆、佛像佛塔和哈达，但这并不意味着每一个来到这里的人就一定能从此"净化成佛"。从内地来到拉萨，我的心绪曾在那么一刹那间静止下来，所有的烦恼似乎都已清空，但我依然像在内地时那样，丢了东西会生气，找不到路时会焦虑不安，被穿着破烂的小孩子围住讨要钱物时会尴尬，内地会经历的麻烦在这里一点儿也不会减少。但不同的就是，在这个地方能更多地感受到一丝人情味儿，当地的姑娘们都不那么矫情，老人也很和善，不会打听你的私事却愿意和你聊聊她转经朝拜的经历。

事实上，西藏并不是大多数人想象的那种“纤尘不染”的地方，但正因为她既有自身独特的美感，也有着任何一个地方都会存在的俗套，才显得真实，而正是因为真实，才显得迷人。我想，我不会爱上一个完美的、没有瑕疵的人，也不会爱上一个与尘世间距离太大的纯粹的净土。因为这都太虚幻太不真实。不真实的事物，必然不够可爱。

02 PART

晨雾中的天葬台

说起天葬，可能朋友们都不会特别陌生，但除了天葬之外还有水葬、火葬、土葬、塔葬、崖葬等葬仪。但在藏族的丧葬习俗中，天葬最为常见也最为藏族人民所能接受。

天葬葬俗受佛教影响颇深，它被视为一种具有很高功德的布施，而天葬的理论基础则是大乘佛教中“六波罗蜜”思想。这是以大慈悲心为根本而修持的六种菩萨行，其中就有“布施”这一项。菩萨为了救度众生，可以将自己的一切布施出去，佛经故事里经常可见“舍身”布施的故事，比如《尸毗国王以身救鸽》《摩诃萨陀舍身饲虎》等故事，强调的都是为了救助有情众生而不惜献出自己的生命的菩萨精神。

这些故事在佛经中比比皆是，在藏地更是妇孺皆知。以《摩诃萨陀舍身饲虎》的故事为例：摩诃萨陀本是一个王子，他来到林中打猎发现一只刚刚产下小虎崽的母虎因为体虚而奄奄一息。王子见状顿生怜悯，他想到自己的身体不过是四大五蕴的和合，难免生老病死，更在苦海中无数次的沉陷轮回，还不如把身体布施给母虎，还能救活这些生命。于是他将身体喂了母虎，母虎饱食之后只剩下一堆白骨，此时大地震动，空中降落花雨，天边翻卷着祥云。种种异象都说明，这位舍身救虎的王子，他的灵魂升入天界，并因此功德而成就了日后成佛的因缘。

天葬有固定的场地叫天葬台。在西藏各地有许多天葬台，它们多远离闹市而位于深山中，而且往往是距离寺院很近。在为数众多的天葬台中，有名者不下十来处。比如类乌齐寺附近的“金科卡”天葬台、色拉寺附近的“帕崩卡”天葬台、扎什伦布寺附近的“卡龙”天葬台等。据说世界三大天葬台中，西藏就占了两座，这三大天葬台分别是印度的斯白天葬台、西藏桑耶寺天葬台和止贡梯寺天葬台。虽然桑耶寺是西藏最早创建的佛法僧三宝俱全的寺院，桑耶寺天葬台也因寺院的名气而著称，并且在藏南地区影响颇大，但西藏影响最大、推崇度最高的还是要数止贡梯寺天葬台。

在距离拉萨约 120 公里处，墨竹工卡境内坐落着止贡噶举派的祖寺，这座闻名雪域的天葬台就在寺院附近，距离寺院大约 10 分钟的路程。这座天葬台在藏语中称为“止贡曲佳”，翻译过来就是“不死之地”。因为人们相信，在这里举行过天葬仪式之后，亡者的灵魂便飞升到天国，去往了一个很好的地方。

止贡梯寺天葬台由止贡巴·仁钦贝创建于 1179 年，它位于一片地势平坦的坡地上，四周布满了铁丝网，因为现如今政府已严禁游客参观并拍摄天葬仪式现场，因此即便是去过天葬台的藏族朋友们也无法讲述出进行天葬仪式时的震撼。对此，央珍曾评价说，她很不喜欢一些游客带着猎奇的目光看待自己民族的丧葬仪式。因为在藏族朋友们看来，这是一个人一生中最为神圣庄严的时刻，也是生命中最后的时刻，“亡人的灵魂不喜欢被人们打扰，还是让他们早早飞升到天国去吧。”央珍这样说过。

距离天葬台不远有六座灵塔，那是止贡活佛圆寂后的灵塔。据来过这里的朋友们说，只要站在此处向着灵塔望一望，世间的种种利害争斗便都悉数抛在脑后了。人死之后，不过就剩下一具皮囊了，曾经得到过什么、失去过什么，也不过是百十年间的小插曲而已。藏族同胞们认为，除却与生死有关的事情之外，一切事情都是小事。这句话虽然听得多了，但遇到麻烦时我还是会痛苦万分。但自从听友人们讲述了陪同家中亲人去天葬台送别亡人的经历后，我便突发奇想，打印了一张某处公墓的图片，心烦时就拿出来看看。我对自己说，这就是每一个人死后的容身之所。它很小，而且很简陋。但它就在我们眼前，死亡与我们总是隔着一段距离，仿佛影子一般追随着我们。在这不远不近的距离中，我们在乎的不是生死，而是得失，即便生死就在眼前，心头惦记着的，还是世俗的厉害争斗，而这又是何其愚钝的一种价值取向。

晨雾中的天葬台，我也只是在老照片上看到过。那是一张不甚清晰的照片，不论是摄影技术还是照片质量都差到没话说。但我敢肯定的是，拍摄者一定有一颗干净虔诚的心。那张照片中的天葬台沉浸在淡薄的雾气中。像一个蒙着面纱的女子，静静地安坐在山崖边。

可能，死亡就该是一种静静的感觉吧。记得在拉萨时有一次随友人乘车外出，司机和友人是老相识。他们就这样闲闲地聊了一路，但聊的话题却只有一个：死亡。

司机说他的某位表亲过世的时候，他正在国外。没能看到那位阿姨最后一眼，也没能参加为亡人举行的葬礼，这令他很是无奈。“之前她身体一直很好，谁都没想到，竟然突发疾病就过世了。你们看，死亡就是这样无声无息到来的。”朋友听后叹息着，又柔声地安慰着司机师傅。

后来，不知怎么就聊到了天葬，聊到了止贡梯寺的天葬台。司机说，那座天葬台不仅是因为历史悠久而著名，而且还有许多神奇之处，他之前曾经去过那里，专门是去静心的。“说起这止贡梯寺的天葬台，还有一段传说呢。”司机师傅不紧不慢地说着，我眼望窗外，看着路两旁的风景，打算把他讲的故事记下来。

止贡梯寺的天葬台修建好之后，人们在某一天发现天葬台四周出现了四根巨大的石柱。止贡巴·仁钦贝对惊诧万状的人们说，这四根石柱是由四位仙女从印度斯白天葬台运来的。既然石柱已经运来，心意也就算表达完了，仙女们要返回时，止贡巴·仁钦贝做了多次挽留才使她们答应留在天葬台作为守护神灵。四位仙女与那四根石柱融为一体，围绕在天葬台四周，阻挡尸体携带来的病毒侵入天葬台。

那个交通极其不便的时代，有许多亡人的尸体都是经过好长时间才送达天葬台的，一些尸体由于留存的时间过长而导致腐烂，以至于鹰鹫不食。但是止贡梯寺的天葬台由于受到仙女的守护，所以凡是送到这里的尸体都变得十分洁净，不会出现鹰鹫不食的情况。

在止贡梯寺的天葬台附近不仅有佛塔，而且到处都挂有经幡，听说，即便是在距离天葬台较远的山腰上都插有旗幡。那是转天葬台的信徒们流下来的。按照藏族同胞的说法，即便在死后没有来到天葬台举行天葬仪式的因缘，但如果生前转了天葬台、插挂了经幡，那么死后自己的灵魂仍然能够上升到天界，成就人天福报和日后解脱成佛的因缘。

在民间流传的故事里，止贡巴·仁钦贝生前曾经发下普度众生的宏大誓愿，世间一切众生哪怕是在天葬台附近滴上自己的一滴鲜血，那就等同于提前进行了天葬仪式，即便死后尸体无法送到这里，他们的灵魂依然能够进入天界，与那些举行过天葬仪式的亡者是一样的。

03/
PART

每个人心中都有个香巴拉

第一次听到关于“香巴拉”的神话，还是在很小的时候。那是一个物质生活相对贫乏的年代，孩子们的玩具多是自家缝制的沙包和造型简单的布娃娃。每到寒暑假，小孩子们或者是随着家中大人一起忙家里的农活儿，或者是三五一群地丢沙包、跳皮筋、过家家，而我则选择坐在奶奶身边听她讲一下午的故事，而那些纸张发黄、封面污损的书，便是孕育我那些稚嫩梦想的发源地。

听奶奶讲，香巴拉是世间仅有的一块净土，在那里生活的人们无忧无虑，幸福快乐。那个时候我还小，根本不知道所谓的“幸福”到底是一种怎样的感受。在童年时代里，满脑子都是香巴拉的故事，巍峨的雪山、澄净的湖泊、成片成片的大森林，在森林中一定还有许多小木屋，说不定还会有什么珍奇动物出没呢。在这个地方，一定生活着美丽的女人和英俊的男人，他们过着快乐而简单的生活，生活无忧，相亲相爱。很明显，这是一个杂糅了童话故事的对于香巴拉的最初的印象。

待到稍微长大些之后，便经常在陶渊明的《桃花源记》中寻找香巴拉的影子，但随着年龄的增长愈发地觉得，那不过是一个美丽的神话，就好比是镜中月、水中花，不过是一种“思想造物”罢了。有如厌倦了眼下生活却又找不到更好的出路的人们，总会设想在某一天、某一个地方，能够迎来自己生命中崭新的一天。

读大学之后，开始留恋于书海，记得在一本幻想小说里还看到过如此情节：探险家们在经历了千折万磨之后终于来到了地球的中心香巴拉，在这里他们找到了通往地下国度的通道，而香巴拉正是通往地下文明的入口，没有缘分的人、心地不善的人那是绝对找不到它的。遗憾的是，我根本记不清这本小说的名字了，但类似的说法却在许多不同的书中反复地看到。

在一些探险类或者探究未解之谜的书中，香巴拉被描述成一个地下城市，那里有先进的文明，那里的居民智慧无比，那里的财富难以计数。总之，这是一个非常神奇的地方。有些人还把香巴拉与伊甸园相提并论，意在说明这两者都是人们口口相传中的天堂。

在藏传佛教信徒看来，香巴拉是时轮金刚的净土，只有那些修行有成就且受过《时轮经》灌顶之人才能来到这里。藏族老人眼中的香巴拉，即是佛教所谓的彼岸世界，是极乐净土。作为人人向往的圣地，香巴拉以黄金铺地，到处闪耀着宝石的光芒，这里鲜花遍地，绿水长流，枝头挂满了香甜的果实，空气中弥漫着沁人心脾的芳香，这里的人们没有争斗，彼此互敬互爱，因为每一个人都生活得很好，所以也没有妒忌怨恨他人。这里的居民没有疾病祸患，人人都生得端严美好，不仅具足智慧而且还有着广大无边的慈悲心。

如果你熟悉《无量寿经》,那么对这段描述一定不会感觉陌生。这香巴拉就是《无量寿经》中描绘的西方净土世界。在许多文人学者看来，香巴拉只不过是理想世界的隐喻，在现实生活中是根本不存在的。不过许多虔诚的信徒以及怀着无比坚定信念的探险者们却一致认为，香巴拉就在雪域大地上，就在西藏的某个地方，它极其隐秘地存在着，就像是通往另一个世界的入口，它只对有缘者开放。

香巴拉到底会在哪里呢？有人说在冈仁波齐，因为它是冈底斯山的主峰，它的地位不一般，所以香巴拉理应在它附近；还有人说，香巴拉在布达拉宫的某一处，普通的僧侣根本不会知道具体地点，只有那些真正的大成就者才知道；也有人说，香巴拉在日喀则的某处，它不仅连接着地上世界与地下世界，还连接着过去时空和未来时空，还有传闻说，诸如莲花生、米拉日巴、宗喀巴等大师根本没有圆寂，而是穿过香巴拉到达了另一个地方，待因缘适当，他们还要重返地上世界的。这些不过是民间的传闻，但也足以见出，藏地老百姓对这些佛学大师们有多么热爱。

来到拉萨后我也未能免俗，还巴巴地向央珍的亲戚，一位面目可亲的老人家询问过关于香巴拉的问题。老人却说，其实他也一直很想弄明白关于香巴拉的问题。我听后当时就吃了一惊，“原来，您也想了解香巴拉的传说啊！”

“不是，姑娘。我只是想知道，为什么你们都对这身外之物这么感兴趣。为什么你们不向自己的内心看去呢？”老人的面部表情有些木讷，但没想到他却能说出这样有见地的话！我把这件事告诉央珍，央珍咯咯笑道:“这不奇怪，我这位叔父读过很多书，只是平常不喜欢说话，总是很沉默的样子。”

关于香巴拉的传说，很可能就真的只是个传说。有人把它称为“桃花源的青藏高原版”似乎也不为过。在与央珍的那位叔父聊了大半天之后，我恍然发觉，原来老人家一直想表达的就只有这么五个字：心净国土净。或许不是每一个人都有遇到香巴拉的缘分，但每一个人却都有觉悟自心的机会。

曾经我是带着好奇之心来看待香巴拉的，但现在反而觉得，它在哪里都好，只要有人真的能够找到就好。而我，只要看护好自己的心便好。如果有朋友再度向我问起香巴拉的问题，我会告诉他我更愿意相信那只是作家笔下的传奇，只是探险家眼中的世外桃源。其实我们所在的每一个地方都可以是香巴拉，比如父母膝下，比如爱人的肩头，比如在劳累一天之后回到家中看到的沙发床。从拉萨回来之后，觉得浑身如同散架了一般，简单的沐浴之后便直奔卧室，好好地躺下，伸展着肢体，虽然仍是觉得天旋地转，可毕竟也是回到了自己的家。只是一时之间我却难以分明，到底我是刚刚回到家，还是刚刚离开家，到底我是去过了真正的香巴拉，还是香巴拉从来就没有与我分开过，它就在我的心上。

04 PART

八廓街：心灵的地标

八廓街原本叫八角街，只是不知道它是从什么时候开始更名的。我问央珍：“八角街是不是因为它有八个角。”央珍表示她很难理解我为什么会有这样的误解。早起的八廓街其实是一条转经道，它围绕着大昭寺，不论是清晨还是日暮，都充满了圣洁的气息。当我望着这条似乎看不到尽头的街道时，我总会觉得，这里真是既接地气又神圣空灵。恐怕这是我目前到过的最有意思的街道了。

你可以大致想象一下：商业街上有琳琅满目的商品，有来回砍价的游客，有行色匆匆的旅人，有面目平和的朝圣者，有孩子们嬉闹，有老人们手摇转经筒悠然地散步。人间的烟火气息和佛土的圣洁景象完美地融合于此处。

熙熙攘攘的街上，眼望着各色人群，总会疑心自己到底是行走在人间还是游走在幻梦中。在来西藏之前，总有朋友一半兴奋一半庄重地叮嘱我，“可一定要去八廓街看看啊，那是距离大昭寺最近的地方。”但我想说，我只想待在距离心灵最近的地方。当时还认为自己的这个回答很是机智，但当我走在八廓街的人群之中时，不小心回忆起之前的这些事，方才觉得自己当时是多么的矫情。或者说，矫情的是我们这一群人——我们以为到了西藏走一走看一看那便是净化了灵魂，却看不到那些满面风霜的老者是在用自己的一生践行着对信仰的诺言。他们都不敢妄言在大昭寺前拜一拜就能得到怎样的福报，我们又何必执着地认为，仅仅是在西藏走上一走，便会身心轻松清净、从此再无烦恼了呢？信仰是需要被践行的，而不是拿来消费的。

历史上的八廓街，是为了建筑大昭寺而建起来的，因此我总觉得，八廓街和大昭寺真的可以算是同胞兄弟了。公元 7 世纪时，尼泊尔的尺尊公主和大唐的文成公主来到藏地，她们希望能建造起寺庙以供奉各自从“娘家”带来的释迦牟尼佛等身像，况且文成公主又通过占卜看到唯有兴建寺院才能镇住“魔女”，给雪域大地带来祥和平静，因此松赞干布便下令在卧塘湖修建大昭寺，并且还要在湖的四周兴建宫殿。先有了八廓街，再有了四座宫殿，然后就是大昭寺。既有了寺院，那么朝拜的人便随之从四面八方涌来，为了方便远近的朝拜者以及商人，八廓街上便陆陆续续修建起一些建筑用以提供住宿餐饮。

大昭寺成为雪域大地的佛法传播中心，那是15世纪之后的事情了，它附近不仅增加了许多民居、商铺、客栈等以满足“世俗人”的需要，而且还出现了宗教院校、僧舍僧房、小型寺庙等宗教性建筑。人们普遍认为，以大昭寺为中心沿着八廓街按顺时针绕行，这种转经方式所得的功德福报，等同于转山转经的功德福报。远天佛国总是清净庄严的，但人间除了修行、参悟、坐禅、转经，总还需要吃喝休息，也要挣钱生活。现在的八廓街不仅是一条商业性街道，而且还充满了民俗特色。

白天，熙熙攘攘的街上来往着各怀心事的人们，但是傍晚特定的转经时刻一到，那嘈杂的声音便渐渐地退去了，人们按照顺时针方向沿着转经道慢慢地走着。我没有加入转经的人群，生怕自己的内心不够虔诚，还担心自己缺少耐性。但我却觉得，心怀敬畏地行走在这片土地上，未尝就一定不能与神佛心灵相通。当然，下一次，我想我还是很渴望体验一下这种转经过程的，如果还有下一次的话。所以，你看，要坚持自己的信仰那是需要不断地战胜惰性的。

八廓街上极负盛名的地方不少，但有一处叫“玛吉阿米”的酒馆却是其中的佼佼者。提到它，就不得不提到仓央嘉措。相传他在这个小酒馆里偶遇了美丽曼妙的年轻女店主，这位多情的浪漫诗人与娇羞的女郎一见钟情，他为她写下许多诗篇，这些诗篇一直流传至今，她为他营造出最浪漫的爱情，并奉献出自己纯真的心灵。

在这个磕长头朝圣者聚会的地方，留下的这段爱情故事丝毫不会令人觉得有什么不妥。真挚热烈的爱情同虔诚清净的心灵同样值得人们歌颂，不是吗？

05 PART

冈仁波齐：世界的中心

冈仁波齐，被称为是“众山之王”。作为冈底斯山脉的主峰，它被藏族同胞看作是“神灵之山”。西藏境内并不乏风光秀美、雄伟壮丽的山峰，但冈仁波齐能够获此殊荣，自然有其原因。

印度教认为，冈仁波齐山上乃是湿婆居所，这位兼具破坏与创造双重性格的大神所住之地，便被信徒们视为世界之中心；在苯教信徒看来，这里又是苯教的发源地，所以在转山的信徒中总不乏苯教信徒的身影；藏传佛教信徒认为，冈仁波齐乃是胜乐金刚所在的地方，来此朝圣转山，便能收获无量幸福。综上所述，冈仁波齐的意义不只是一处旅游胜地，更是那些信众们朝拜转山的圣地。

阿里地区的四大河流，狮泉河、象泉河、马泉河和孔雀河均于此处发源，虽然没有如愿看到河水在阳光下粼粼荡漾的样子，但想来那河水清澈，必然能够涤尽内心的无限烦恼。当然，我这也不过是一个美好而良善的猜想，可曾经参加过转山活动的一位老阿妈却说，她每次在转山归来之后，都觉得身心轻松、内心喜悦无比。我按捺不住心中的好奇，"您这样的年纪，走那么多的路，难道不累吗？"阿妈说，她心里想的只是走路、转山，从不曾去想别的，身心自然轻快无比。

在号称"世界屋脊的屋脊"的阿里，冈仁波齐如同一座天然佛塔一般矗立在蓝天下。这座四面如刀削的山峰线条硬朗而英挺，给人的视觉冲击力那真不是一般的强烈。云朵大块大块地悬浮在山顶四周，而湛蓝的天空则将冈底斯山和云块一同包裹起来。冈仁波齐面色凝重地俯瞰着雪域大地，但在那凝重之中又见到一丝欣喜。或许是他看到虔诚的信徒们沿着一条固定的道路在转山，他们俯仰在天地之间，磕长头的同时心中还充满了对幸福未来的期待。诚然，幸福的生活需要我们用劳动获取，因为一切物质财富都只有通过劳动才能获得。但在信徒们看来，无论多么富裕的物质生活，都无法与涤尽前世今生乃至生生世世的罪孽时获得的喜悦相比。

我不是一个信徒，但我却由衷地敬佩这种追求个体生命通往极致的情怀。我曾在一位摄影师朋友的作品里看到铺天盖地的全是对比分明的色彩，棉白、深蓝、墨绿、五色经幡，还有混合着其他色彩的存在，或者透明或者凝滞，这种种色块或有规律或无章法地堆叠到一起，倒叫我想起了塞尚的一句经典："天地间唯余色彩。"只是在这片居住着无数神灵的雪域大地上，天地之间除去色彩，还有对生命终极意义的探寻。

在照片里除了色彩和景物，还有走在转山朝拜道路上的朝圣者。虽然看不清他们的面容，甚至连性别都难分辨出，可从他们俯仰的动作中却能够感受到他们内心强烈的心愿。当身在大都市的我们，每天深陷于生活琐事的时候，在另一个世界的人们，他们已经走在了将生命推向极致的道路上。凌晨四点的时候，你在做什么？是继续沉醉在美梦中，还是沉迷在网游的世界里，是在忙于交际应酬，还是为明日的生活而心生忧虑。凌晨四点钟，在地球上的一个地方，已经有人醒来并动身踏上充满艰辛且不可预知的神圣转山路了。天空中还有一抹月色，清辉抚弄着大地。在这个世间，其实没有什么东西值得我们一生执恋，也没有什么东西需要我们刻意去淡忘。

凌晨四五点钟，转山朝圣的人们已经开始了用心与灵魂和神灵对话的行程。不能亲眼看见转山的信徒，也没有机缘亲身参与到转山的仪式中，但是听那些曾经随家人转山朝拜的藏族友人们说起当时的内心感受，这便足以使我心生感激了。

在来到冈仁波齐进行转山朝拜之前，洛桑平措便对这座神山神往已久。“转山绝对是一件考验体力和耐力的事情。”洛桑平措说过，他最喜欢走在路上的感觉，但是，如果这走在路上的过程也是修心修行的过程，恐怕就会使听者觉得太过沉重而且稍显矫情了。但洛桑平措却目光坚定地说，他在去冈仁波齐转山之前就知道，不仅有许多藏族同胞为了转山朝拜而准备许久，更有很多来自尼泊尔、印度、不丹等国的佛教徒为了却心愿或者消业增福不远万里来到此地。

“绕冈仁波齐转山一圈，可以洗尽这一生罪孽；转上十圈就可以在五百轮回中免受地狱之苦；若是有人转山百圈，那么他便可以升天成佛了。”洛桑平措经常听家中长辈这样讲，等他加入到冈仁波齐的转山队伍中才发现，这样的说法不仅在雪域高原上人尽皆知，就连国外的信徒也是深信不疑。

阿里这个地方，早上六七点钟天就亮了，晚上将近十点钟，天色才完全黑下来，而且在沿途有一些补给处，不论是吃饭还是住宿应该都不会成为问题。但洛桑平措却说他很困惑，“山里天气多变，一会儿晴天一会儿下雨的，还有冰雹，我总疑心这是神灵不满意了。”可他在路上遇到的一位慢悠悠走路的老阿妈却告诉他，哪里的天气都是多变的，心不变就好。洛桑觉得老阿妈的话大有深意，便慢慢地随在老人身边，他指着走在他们前面的几个年轻人说：“看他们走得那样快，我一会儿就能超过他们。”老阿妈却说，何必走得那么匆忙，反正你总会到达终点，倒不如偶尔地停下来，看看沿途的风景也是好的。

洛桑回忆说，正在他和老阿妈说话间，抬眼就瞧见了一处玛尼石堆。他们停下来朝拜之后短暂地休息了一会儿，他也顺便等一下家人。“我头顶上方飘着很多‘棉花糖’，我想摘下一朵来寄给远方的朋友们。那位刚认识的老阿妈说我是个善良的孩子。我想世间的每一个人都是善良的孩子，我们都有着善根慧根，我们都是行走在朝圣路上的孩子。”洛桑在结束转山行程回到家中之后，便给我发了这样一条短信。而那时的我正焦头烂额地在一个三线城市里忙着许多琐事，我被那些数不清也道不完的琐事吞没了。直到我瞧见了洛桑的短信，我满心的疲累才被他那如诗一般的语言涤尽。忘记在哪里看到过这样一句话，“生活中不光有风雨，其实还有阳光”，但对于那些转山归来或是正准备转山的人们来说，生活中不光有尘劳琐碎，还有灵魂的回归。

后来，洛桑说那位与他同行了一段路的老阿妈送了他一串念珠，她认识的字不多，她希望洛桑能够告诉更多的人，转山的人们并不都是为了求取什么福报，而是为了内心的一份坚持，他们坚信自己的此生乃至来生，都会充满喜悦和幸福，并且也希望所有的人都能带着一颗清净喜悦的心去安排自己的生活。

洛桑还说，当他从成片成片的云雾中远远地望见纳木那尼峰的时候，他的内心已经涌起了强烈的幸福感。虽然那种感受很短暂，只在那么转瞬之间，但人的一生中若是连这短暂的幸福喜悦的瞬间都不曾有过，那么，可不可说他白白地活了一生?

06 PART

纳木措：羌塘草原上的明珠

在神话传说里，帝释天有一位美丽高贵的女儿，她身体呈青色，常乘着青龙出行。有一天，头戴盔甲、骑着白马、威武英俊的念青唐古拉山神偶遇到美丽迷人的帝释天之女，他与这位神女互相爱慕而结为夫妻，他们在帝释天面前许下誓言，唯愿生死相依，永不分离。为了践行誓言，帝释天美丽的女儿化身为纳木措湖，与念青唐古拉山依偎在蓝天白云下。纳木措湖被形容为“镶嵌在羌塘草原上的明珠”“绮丽动人的蓝宝石”，这些描述不算夸张，因为亲眼看到过纳木措湖美妙景色的人，几乎在这一刹那中几近窒息，脑海里一片空白。一位年轻的摄影师朋友，第一次见到纳木措湖时，竟惊讶地呆立在湖边，身边的同行者不住地惊呼“好美啊！好美啊！快点拍照吧！”可她却俯下身来，对着远处的山峰和眼前的湖水虔诚地祈祷起来。友人问她所求何事，她笑而不答，可绯红的脸颊却藏不住她那小儿女的心思。

有人把纳木措湖和念青唐古拉山神看作是永恒爱情的象征，许多青年男女来到此处朝圣、祈祷，希望自己的婚姻幸福圆满，祈求爱情如神山圣湖一般永恒长久。

在娑婆世界、万丈红尘中，人们总是对生活怀抱许多憧憬，这些憧憬虽然有时候不够清晰，就仿若沉入水底的游鱼一样，但它到底也在硬生生地提醒着人们，生活总会继续，所以对幸福的追求、对苦难的躲避还有必要，所以，祈祷便成了一种合乎情理的存在。

或许正因如此，人们对那些充满神秘色彩的地方才格外关注。与我们同行的一个姑娘，她之前听藏族朋友讲过在纳木措湖边许愿相当灵验，这里的神灵不仅帮她挽回了几近破碎的婚姻，而且还带给她一个天真活泼的孩子。

对于任何一个在爱情上不得志的人来说，这样的故事不啻于一个邈远却又真切的希望，这样的希望根植于红尘男女的心中，彰显出的是对圆满人生的向往。且看在纳木措湖周围迎风飘扬的五色旗幡，便不难想见人们心底的虔诚以及对圆满的生命状态的热切期待。听一位同行的姑娘说，千万不要随便给那些牦牛啊、羊群啊这些动物拍照，也不要随便去拍在湖边嬉戏玩耍的小孩子。我当时惊了一下，“难道是因为有什么忌讳吗？”“倒不是因为有忌讳，而是你拍照之后，就会有小孩子追着你要钱，一元两元人家都不要，有时候一天下来，数十元甚至上百元都会这样不明不白地花掉。”这个姑娘说。

我心里犹豫着，想来那些小孩子都是生活很贫苦的吧，尽管自己的生活也一般，可总归是要比这些小孩子活得更好些。或者是朋友说得太夸张了？可当我真正看见两个小女孩追着一位游客要钱的那个神态时，心中便多少有些难受。但是，神山依旧是神山，圣湖也依然是圣湖，即便有些事情让人觉得这里不如想象中的那般完美。

纯净、安详的天湖是高原风格的底色，透彻的蓝色，没有夹杂一丝污浊。都把这种蓝色称为“高原蓝”，这种蓝乃是雪域高原所独有。当我第一次看到这清透得几近脆弱的蓝色时，心底竟生出了许多感动。我的家乡极少能见到头顶上空的蓝色，早上睁开眼望向窗外，便有一种来到云雾里的错觉。站在湖边远望，连绵起伏的雪山作为背景，碧空似洗，白云如絮，它们倒映在湖面上，像是静止了一般。如果从不同角度去看的话，那便有许多种蓝映在眼前，每一种蓝似乎都在诉说着一个关于生死恋情的故事，每一种蓝都在以一种明确的姿态提醒着人们：这里是纳木措。在纳木措湖边，这被称为“情人的眼泪”的地方，据说心灵纯净美好的人如果怀着虔敬的心向湖水中看去，便能看到爱人的相貌。

阳光下的纳木措就像一个迷人恬静的女子，痴情地仰望着她的夫君念青唐古拉山。在莲花生大师的传说故事中，念青唐古拉山神本来是不愿意莲花生大师进藏的，他便运用神力，显现出种种幻变阻止莲花生大师前行，神通广大的莲花生轻而易举地就击破了念青唐古拉山神的幻境。无奈之下，神山圣湖夫妇便皈依佛门，成为良善的护法，保护着来来往往的人们，并满足他们美好的心愿。

在大多数的神话传说中，这对夫妻总是以恩爱伉俪的形象出现，但在民间流传的一些故事中，它们还有许多个凄美的版本以及令人心碎的结局。

相传，纳木措本是一位善良聪慧、面貌端庄的少女，她与一位英俊勇武的少年相恋已有多年。但这位少年在一次征战归来的途中遇到了羊卓雍措（羊湖女神幻变的少女）之后便心动神摇，缠绵于羊卓雍措的妩媚与柔情中。开始，纳木措还在痴痴地等着情郎回来，等他回来便结婚成家生儿育女，但多年之后终于得知真相，她伤心不已天天以泪洗面，终于在某一天化作了一汪澄碧的湖水，那湖水蓝得出奇，人们称那是情人的眼泪化作的。多年以后，当初的少年已成壮年，他归乡之后心生愧悔，便投进了纳木措化作的那片湖水中，临死前发誓要永永远远地守护着纳木措，再也不与她分离。于是他化作了念青唐古拉山，日夜守护纳木措，就像一个曾经放荡不羁的浪子在回头之后拥吻着最初的情人。

相比于那纯洁无瑕的爱情传说，我本人倒更喜欢后面这个故事。人唯有在负心之后才会变得多情，又因多情而慈悲柔软。最主要的是第二个故事里的男女主角，不再是那高高在上、不食人间烟火的神明，而是如我们一样普通平凡且充满烟火气息的人。

如果每一个到这里来的游人只是抱着“游玩”的心，只是想拍拍照片、许许心愿，日后成为茶饭之余的谈资，那么我倒觉得真是辱没了这样一个人间圣境，我们应在这水天一色的湛蓝中渐渐融入。

佛门中说，世间一切众生皆平等，在纳木措湖边，这样的情景真实地出现。我在藏族朋友的陪伴下走到牦牛近前，仔细地去看它那一对大眼睛，那眼睛里是水汪汪的蓝色以及难以言说的灵性。朋友说，在湖泊周围除了常见的牦牛等用于运输物资的动物之外，还有狗熊、旱獭、野驴、野牛、岩羊等野生动物，每到夏季，还有野鸭飞来此地栖息。我很好奇，难道这些动物不怕人类吗？这位藏族朋友露出难解的表情，她愣了一下说：“不会的，我还从来没有被野生动物袭击过呢。再说，人类如果不去招惹它们，它们又怎么会伤害人类呢？难道你不觉得，每一种生物都是慈悲的吗？”

这倒让我想起了海德格尔说过的一句话，“人不是自然和大地的主宰者，只是它们的维护者，人应该和动物、植物平等相处”，但真的要做到“众生平等”并不容易。或许是因为这个美好到近乎超尘绝俗的理念使人即便能够理解，也很难落实在行动里。想起多年前去某风景区，那里有骑马绕场拍照的旅游项目，友人说可以过过骑马的瘾而且还没有风险，可我当时想的却是那匹马已经累极了，为什么还要让它一遍又一遍地驮着游客来来回回地走呢？那一次，也是在朋友的陪伴下走近了一匹瘦弱的老马，然后静静地望着它的眼睛，那眼睛里全是泪水和疲惫，以及一抹跃动的灵性，而这种灵性我在纳木措湖边驮运物品的牦牛眼中也见到过。当然，也有许多人声称他们在人类的眼睛里看到过那种闪光的灵性，这些人中有小孩子，也有成年人，可我只在小孩子的眼中看到了曾经在牦牛、老马眼中看到过的灵性。

完美无瑕的爱情只能在故事里存在，剔透纯明的灵性也只有在纯粹的人的眼中才能看到吧。我一直是这样认为的。

07 PART

大昭寺：先有大昭寺，后有拉萨城

根据史料记载，那位名垂千古的吐蕃赞普松赞干布一生共娶了五位妃子，除了我们熟悉不过的大唐妃子文成公主和尼泊尔妃子尺尊公主外，还有象雄妃、茹雍妃、蒙萨妃，只是这三位妃子的名字并不被后人知晓。文成公主和尺尊公主得以留名史册，我觉得也是因了与她们相关的两座寺——大小昭寺。

据说，古时候大昭寺寺址处本是一个大湖，湖水澄净，湖面平静，犹如仙境一般。松赞干布曾在湖边执着尺尊公主的手对她许诺“随戒指所落处，我将如你所愿，为你修建佛殿”。怎料那戒指刚好落在了湖中心，佛说世间一切皆有因缘，想来这佛殿的因缘就与这湖有关吧。那湖面上霎时间遍布起层层光网，光网中央显出一座九级白塔来，纯净的白色，闪着光芒。

松赞干布召集能工巧匠，并动用大批劳力填湖建寺。那个时候在青藏高原上人们经常使用的运输工具是山羊。为了能尽快修建起佛殿，上千只白山羊日夜不停地驮土建寺并最终建成。

“拉萨”这个城市的名字便从山羊驮土修建佛殿而得来。曾经，拉萨被称为“RASA”，意思就是“由山羊修建起的城”。因此藏族民间有种说法，“先有大昭寺，后有拉萨城”，即便到了今天，大昭寺依然被认为是触摸拉萨、触动灵魂的殊胜所在。

佛殿既已建成，那么就把尺尊公主自尼泊尔带来的陪嫁——释迦牟尼佛八岁等身像迎请进来吧！后来，另一位嫁入吐蕃的大唐金城公主，将文成公主进藏时带来的释迦牟尼佛十二岁等身像与八岁等身像对调了一下。这其中自有一段历史缘由，但这与我们的朝圣之行无甚关联，故略去不述。

大昭寺修建于吐蕃王朝的鼎盛时期，它是西藏最早的土木结构建筑。如果说拉萨是我们此次朝圣之行的重点，那么大昭寺就应该算是清净身心的起点，而大昭寺门前磕长头、诵经咒的虔诚信徒便是我们心灵旅程中的同行者。

那天我们随着一位藏族向导索朗巴珠的脚步从正门进入大昭寺。“我们现在沿着顺时针方向走，就会来到一个天井式的院落里。”索朗巴珠告诉我们，这里曾是举行“传昭大法会”的地方。1409 年，格鲁派开山祖师宗喀巴在大昭寺创立了藏传佛教一年一度的最大法会活动。从藏历正月初三至二十四日，西藏各地的僧侣们云集于此，他们讲经辩经、诵经祈福。这里还是藏传佛教僧人考取“格西”学位的地方，虽然不能亲见僧人们辩经的激烈场面，但我耳边总觉回荡着嗡隆隆的声音，我听不懂那些语言是什么意思，只是觉得每一个音节都能唤醒自己，让自己放下该放下的，提起该提起的。

院落东面是一排排酥油灯。那明晃晃的火焰悦动在我们面前，像是在引导着亡灵前往另一个清净庄严的国度。“这些酥油灯即便是在白天也是长明不灭的”，索朗巴珠脸上挂着笑说道。

一位师兄问：“夜晚燃起这酥油灯倒还说得过去，为了照明嘛！可是为什么在白天还要燃着呢？”同行的旅伴中竟无人应答。我也只是暗自在心里想，唯有以虔敬之心燃起的酥油灯才能照亮蒙昧人生的前行之路吧。这世上的众生本来灵心妙觉，奈何一颗通透的灵心被那凡尘所遮蔽，若是没了佛法的智慧，若是没了那引路的明灯，我们的心啊，还不知要在这尘世间几度浮沉，终也脱不了轮回的桎梏。

在庭院四周和转经回廊的廊壁上，绘满了各种各样的佛像。

壁画上的这些佛像当是五世达赖喇嘛时期绘制的。听索朗巴珠说大昭寺前院的院廊始建于 1409 年，到了 17 世纪时，五世达赖喇嘛对院廊进行了扩建，这时才请来匠人在墙壁上绘画出千佛壁画，“千佛廊”因此而形成。

听了索朗巴珠的介绍后，我们倒真的很想走上前去，细细地去感受一下墙壁上那端严佛土所带来的视觉冲击感。可同行的一位师兄说，这些壁画不能仅仅用眼睛看，更要用“心”去看，而且光是“看”还不行,还要在心中生起一个“念”。有了这样的“心”，有了这样的“念”，才会有那清净庄严的“行”。

人这一生从呱呱坠地起便开始了修行，莫要说修行二字与我们相距太遥远，我们静下心细细去想，哪一天我们不是在朝着心灵的圣地前行呢？我们都是行进在朝圣路途上的旅人，只是有人承受不了那孤独便半途而废，将自己的身心缠裹在红尘之中了。

“在酥油灯后面，就是大昭寺主殿的正门了。”索朗巴珠告诉我们，经堂也叫“祖拉康”，这是大昭寺的主体部分，也是大昭寺的僧侣平日里诵经修学的场所。

“从这里可以看到远处的千手千眼观音塑像呢！”作为一名老向导，索朗巴珠的这些话对着不同的朝圣者已经说过不知多少遍了，可他每次在介绍起大昭寺的种种来还是显得那么兴奋，当然，他脸上的欢喜表情本是心底喜悦和慈爱的外在呈现，而我也终于信了“相由心生”那句话。

在大殿左右两侧各有一尊佛像。左侧的是宁玛派祖师莲花生大师的造像，右侧则是强巴佛造像，强巴佛即是汉传佛教里的弥勒佛。

莲花生大师是8世纪的印度密宗大成就者，也是来吐蕃弘法的众多外来僧人中最富传奇色彩的一位。这位出生于乌仗那国的宗教实践家应吐蕃赞普赤松德赞的邀请来到西藏传法，他制伏苯教，发展佛教，并在雪域高原上兴建起第一座“佛法僧”三宝具足的寺院桑耶寺。不仅如此，他还留下许多佛学著作，埋下伏藏。他告诉我们在这尘世之中，护持好自己那颗“明空赤露之心”是何其重要。他告诉世人，世间一切所现都不过是自己内心的变现，即便是目不识丁的放牛郎，也可以从清净自心中得到解脱和无上的智慧。

以前虽也读过莲花生大师的一些佛学著作，但觉得自己也只是在文字上面下了功夫，算不得真正学有所得。直到随着朋友们一起去朝圣，一个地方一个地方地走，我方才有了那么一点点的觉悟：原来莲花生大师所谓的“无法可修”便是要我们不要刻意地去修行。好比这朝圣，虽然每个人都知道此次朝圣之行殊胜难得，但也不能在心底对它产生执着的念头。别以为只是走了一趟朝圣路就可以“超凡入圣”。我们始终是行走在路上的，“菩萨应远离一切相，发阿耨多罗三藐三菩提心”，一旦我们心中有了对一切外相的执着，那便不是修行了，而所谓修行也不过是破“人我执”和“法我执”。

“在大殿通道入口那里，你们看右侧，就能看到一些壁画。那上面讲述的就是大昭寺建寺的故事。”每当索朗巴珠开口说话时，先有一抹温和的笑容在脸上荡漾开。索朗经常挂在口头上的一句话便是：“今天时间紧，行程急，但我们也要慢慢地走。”

慢慢地走，好好地修。虽说我们这是在朝圣，可这确实也是在修行。也许在走了那么多路之后，我们才最终发现，佛原本不在别处，而只在心中。我们那颗不垢不净、明空广大的心，便是佛心。

在大经堂的四周坐落着多座小型佛堂，中心的那座是释迦牟尼佛殿，佛殿内供奉的便是释迦牟尼佛十二岁等身像。

据说，唐军与吐蕃交战，吐蕃为防止唐军攻入拉萨后夺走释迦牟尼十二岁等身像，就将其藏匿在大昭寺内，用泥封住，在外面又绘制文殊菩萨像。待金城公主和亲吐蕃之后，她在大昭寺内找出了释迦牟尼十二岁等身像并供奉于寺内的一个净香室内。

某位勤于思考的师兄一边走，一边发出疑问：“既然佛说‘凡所有相，皆是虚妄’，又说‘若以色见我，以音声求我，是人行邪道，不能见如来’，可为何还要争夺那佛像、拜那佛像呢？这不也是一种‘着相’的表现吗？”

我们那老向导索朗巴珠笑呵呵地说：“拜佛那也是拜众生、拜自己嘛！没有了众生，哪能有你？不能承担起‘我’，又何谈放下‘我’呢？”

一句话说得大家心悦诚服。拜佛拜的不是那金箔装点的造像，而是培养我们那恭敬谦卑、清净自省的心啊！佛说世间一切事物无非是缘生缘灭，无自性可言，亦不可独立存在，这便是佛家所谓的“空”，一旦证悟空性，那么世间万有便如同梦幻泡影一般。证悟空性的是我们的那颗心，在证悟的过程中，必然要先磨炼这颗心。

此次朝圣之行，既修的是“行”，也修的是“心”。如此想着，我们对着佛像恭敬地礼拜起来。虽说朝圣之行应该慢慢地走，慢慢地拜，可我们终究不能与那些一心一意转经、磕长头的信徒们相比。

“大昭寺里还有几处主要建筑，我们还得加紧脚步啊。”索朗巴珠带着我们来到弥勒佛殿，殿堂内供奉的弥勒佛制作得十分精致。据说以往每年的传昭大法会期间人们都要抬着这尊弥勒佛像沿着八廓街绕行。

佛经里说弥勒佛是未来佛，又称为慈氏菩萨、阿逸多菩萨，是释迦牟尼佛的继任者。他与释迦牟尼佛本是同时代人，在成为佛陀弟子后便于佛陀之前先行灭度，生于兜率天宫，他将在以后再度来到我们娑婆世界传法度人。

我们所见汉传佛教寺院里的弥勒佛都是张开笑口，鼓着一个圆滚滚的肚子。而在大昭寺里看到的强巴佛，虽然他的身份也是弥勒佛，可造型却很有藏地特色。不论弥勒佛造像在外形上有多么大的差异，不能改变的是弥勒佛慈爱众生的那颗心。所以说表相原本是虚幻，唯有那颗佛心，也唯有众生的清净空明之心才是真实。

从弥勒殿出来，索朗巴珠便带领我们来到观音殿。据说，观音菩萨与雪域大地有着极其深厚的因缘。当年他在诸佛面前发大誓愿，要度尽世间众生。可是这件事情做起来并不顺利，观世音菩萨看到世间那么多苦难众生不得解脱时便流下了两滴眼泪。一滴泪化身成白度母，另一滴泪化作了绿度母。

藏族民间有种说法，那神王赞普松赞干布便是观世音的化身，而尺尊公主和文成公主，便是绿度母和白度母。

大昭寺观音殿内的这尊观音骑在一头狮子上，殿内还有五尊菩萨像,这些都是观世音菩萨的不同化身。在《观世音菩萨普门品》中说过，观世音菩萨大发慈悲，为度脱世间众生而显化出不同的身形。

其实，若是想得明白、看得通透，我们便可发觉，不仅佛菩萨的那颗心可以作为我们的皈依，我们自己的这颗心亦复如是！

“依般若波罗蜜多故，心无挂碍，无挂碍故，无有恐怖，远离颠倒梦想,究竟涅槃……”《心经》如是说,正是因了这六波罗蜜，菩萨才得以消除了心中的种种执着和障碍，从而获得无上无量的自在自为之心。心中不再有挂碍，自然不会有焦虑、畏惧和恐怖担忧，于是自然远离那些不合理的念头、断除不合理的行为，最终便到达那寂静自在、清凉喜悦的最高境界。

就在我们走出观音殿时，又见几位朝圣者面带喜悦地走了进去。千百年来有多少众生于此处突然领悟到那佛法的奥妙，领悟到人生的无上真谛？彼时此时，所有的众生都圆融在观音菩萨那慈悲的目光中。

而我，只能一次又一次地以一个尚不合格的朝圣者，喜乐在佛菩萨的微笑里。

Chapter 8
带一颗清净心，回家

这一条路，通向的是心灵家园。但是在踏上归途之前，我们还是先让内心变得清净、澄澈起来。回家，原本不是什么难事，不过是从一个相对陌生的地方，回到一个相对熟悉的地方，如此而已。再或者，是从熟悉的地方逃离到陌生的地方，然后再向着曾经被自己厌弃的地方回归。

只是，为何不带着一颗清净的心回家呢？禅者开悟后，见山还是山，见水还是水。那么，当我们的内心清净、澄澈之后，会不会随处都是家，处处都圆融呢？

01/ PART

以清净之心，圆满清净夙愿

公元 8 世纪的时候，吐蕃赞普赤松德赞向远道而来的莲花生大师说:“我希望在这片大地上能够正法永存;唯愿所有一切众生，悉得解脱安乐。”

莲花生大师慈悲合掌，“愿你以一颗清净的心，圆满你所有的夙愿。你心中的一切清净夙愿，我祝你所求皆办。”

时间再向前跨越，跨越到文成公主进藏的那一年，她把梵音带到了雪域，将圆满智慧的种子撒播在苍茫的天地间。

公元 15 世纪，文献资料上没有明确记载年月日，人们只是记得是 15 世纪的某一天，西藏大大小小的河面上似乎是在一夜之间便出现了一座座铁索桥。人们为此事惊叹不已，但更令人惊叹的是，修建这些桥的乃是一位年过七旬的老者。这些桥并不全是他一个人独立修造的，而是他指挥着百万空行母和天龙八部以及各路地方神灵共同建造的。

这个神奇的老者名叫唐东杰布，在流传下来的民间故事中，他可是位备受民众爱戴的高僧，同时也是极富神话色彩的一个人。

作为当时著名的建筑师、藏戏的开山鼻祖、与众不同的修行者，他在母亲的腹中足足生活了一个甲子的时间，生出来便是六旬老翁的样子，须发皆白，据说他活了一百二十五岁。

历史上真实的记载是这样的：唐东杰布在 1430 年建造出雅鲁藏布江上的曲水铁索桥。铁索桥建成后他声名远播，广受民众爱戴。在建桥过程中，他需要完成多少工作难以一言说尽。如果没有笃定的信仰和清净的夙愿以及真正的慈悲心肠，又怎会不畏艰辛、跋山涉水，以数十年的坚定来践行自己最初的誓愿呢？在那个时代，要修建铁索桥何其艰难，有人给他取了个“尊珠仰巴”的外号，意为“疯喇嘛”，但正是这位博学多才却也“离经叛道”的疯子尊珠在 79 岁高龄的时候建成了第一座铁索桥。

没有任何一个生灵不在轮回之海里流转；没有任何一个生命，

不渴求永恒的解脱自在。每一个匍匐在佛陀脚下的人，他的本意或许是为了求取世间的幸福快乐，但毕竟在这每一次的匍匐和叩拜中已经种下了善因。

哪怕这善因微小、稀薄得如同雪域高原上的空气。也会待因缘成熟后结出善果。只是没人能够告诉我们，这时间到底是多久。是此一生，还是下一生，抑或是轮转几世之后。

世人往往太过心急，总是想着今天播种下善因，明日便要看到善果。于是，人心愈发浮躁而心性中本该存有的虔诚也一并萎靡倾颓下去。

难怪莲花生大师在离开雪域前往他处弘法时曾连连感叹，世人白天为世间俗务所累，夜晚又被睡眠所耽误，人身如此宝贵，可世间却鲜有人懂得善待它。

对于我们的身体，世人似乎很是爱惜，总要以美味的食物喂养它、以华美的衣服装饰它。不仅如此，还要配以种种香花、饰物，以或妩媚或明艳的形象行走于天地之间。除此之外，我们还要满足身体的种种欲望，男欢女爱虽好，可我们犹嫌不足，还希望能得到更多异性的爱慕与爱抚。

我们只是一厢情愿地以为这样做便是不负此生、不负此身。可到底我们还是忽略了自己的这颗心。在我看来这个心灵是如此陌生，我们在失去爱情时总喜欢指着心口说：“我的心，很痛！”

但痛苦的其实不过是那装满了执念和妄想的心。

我们的那颗佛心，何时会痛过呢?

如果真的疼痛了，那也是为着世间众生的痛苦而痛苦。因为在一颗佛心中，早已没有了自我与众生的分别。这样的心才最纯净，在这颗心中所有的愿望才能称得上是清净夙愿。

现代大多数人总是说自己不幸福，并把这不幸福的制造者直指他人。正如宗萨钦哲仁波切所说的那样，我们先是自己预设出某一个场景、某一种结果，然后又对这个场景、结果生起很大的执着。比如我们经常会如此地为难自己，“如果失业了该怎么办”“如果爱人背叛了自己可怎么好”“若是自己不幸患上了某疾病，那该怎么生活”。

如果你能亲身来到西藏走一走、看一看，便不难体验到什么才是真正的“活在当下”。那些人，他们皮肤黝黑，眼神迷茫，却也闪烁着智慧的光芒，比如在诵持完一段经咒后，或者在转山归来之后。我们不能理解他们的虔诚，一如他们无法认同我们对物欲的渴求。

走过了纳木措，途经布达拉，一路朝着最接近天堂的方向行走，将慈悲喜摄深印在大地之上。多希望自己在人生余下的时光里每走一步都能心莲绽放，每走一步都能心怀慈悲。

还记得同行的某位朋友说：“之前听说在大昭寺前许愿很是

灵验，等回家之后，我就静待心愿实现吧。”

我们的向导索朗多吉倒是毫不客气，他满眼里写的全是惊诧，“有所求、有所待，那不是自己给自己找来的烦恼吗？”

刚才许愿的姑娘略有不快，一脸“不服来辩”的表情，“人活着，总该对未来有所期待吧？不然还活个什么劲头！”

“可是我们今天还活着，这不就已经很好了吗？”索朗多吉喃喃自语，“你们要知道，死亡或明天，到底哪个先到来，这根本说不清呢！”

“那么，你就对未来的人生真的没有过任何期待吗？”索朗的话挑逗起我们的好奇。

“啊，啊，我只是想，如果每一个人都能过得好好的，那我就开心啦！毕竟没人愿意看到身边的人全是一副苦脸，不是吗？”

索朗多吉只念到了高中，平时所接触的人除了家庭成员和村镇居民，就是一些进藏的游人行者、喇嘛僧侣。他读的书很少，断是不会说出“我执”“性空”“自他两利”等佛教术语，或许，他也只是在阿妈清晨的诵读声中放空杂念、清净身心。可在我看来，他就是那一尊佛，质朴得一如随处可见的玛尼石堆，或者背负着重物缓慢行进的牦牛。

所有的清净夙愿，皆能得以圆满。何为“清净”？我想如果这心愿中不掺杂一丝一毫的个人因素，那该是至真至纯了。可世人毕竟还是难以做到，那么就稍稍地打个折扣吧。愿你也好，愿我也好，愿所有一切众生都好。

我们坐在朋友的车上，准备返回各自的家乡。从这个曾经陌生现在熟悉的地方，赶往曾经熟悉但现在陌生的地方。外面是一片黑，谁也没有拿出手机看时间，甚至没人收发简讯、接打电话。如果可以，我宁愿这车子就一直这样开下去，只是想再多一点感受拉萨的夜晚。但很显然，有些地方已经没有了曾经的那般静谧。

最初，与朋友们商量着来西藏走一趟，那本是源自于曾经的一个梦想：与最爱的人一起去流浪，去看最美的落日，然后对着落日许下彼此的誓言。但在经历过人生的一些磨难后，我才突然发觉，是时候把目光从外境拉回到自心了。

一行禅师说：“唯有用心去爱，幸福才可能不断滋长。”这种“用心去爱”，或可换一个佛教中的名词术语，比如“大慈大悲”。世人常言“爱出者爱返，福往者福来”，就在离开这片以虔敬覆盖的大地时留下最后一次祝祷吧——唯愿世间众生，悉得吉祥喜乐！

02/
PART

永远走在朝圣的路上

红尘中的每一个生命，在各自的岁月长河中不停地跋涉着，朝向生命的终点前行，同时也不断地舍弃着、更新着，以一种或快或慢的速度走在觉悟的途中。

记得第一次站在大昭寺前，我旁若无人地伸出一只手，想要截住天空的云朵，我对同行的人说，我要把它们带回家。一个面色红黑的藏族姑娘流露出很欢喜的神情，我以为她从没有看到过雪域外面的世界，她以为我从来没触摸过那么纯净的蓝色。

我想像一个真正的朝圣者那样，匍匐在地，以尘土洗心。她却说真正的朝圣者眼中只见净土而不见尘土。我说请你带上我吧，带我一起走上那朝圣的路。她说：“我们本来就一直行走在朝圣的路途上啊。”

这一刻，时间静止，我觉得我眼前站着的是一位菩萨。不知道她从哪里来，但她一抹慈悲的微笑就那么照射进我的内心。我本来焦躁的心，瞬间安静下来。

第一次来到大昭寺，我就感受到了它的好。我愿自己能一直在那朝圣的路上前行，以一种悲喜不惊的姿态，缓慢地前行。

行走朝圣路上的人，也许并不是为了生死解脱，而只是为了给今生设定一个能够出离现实然后再回归现实的目标吧。

那天，我说咱们收拾行囊去西藏吧，能走到哪里就走到哪里，无目标、无目的，只是这样去走一走吧。我想去看那大朵大朵的白云，想去感受八廓街上人们呼出的气息，想亲耳听到僧侣们庄严的梵音。

我更愿意相信生命是一个圈，无始无终。佛陀说，生命只在不同的状态中轮转变化着，因为心念的分别而有六道众生。这个地方，于我而言更多的是一块充满宗教情感的地方。最初是受到好奇心的驱使，总是想着能亲身体验一下这个被人们口口相传的地方，到底有什么神圣之处。直到第一次踏上这里的土地，亲眼看到那斑斓的色块于眼前铺开，我更觉得最初的起心动念对这里来说真是一种亵渎。

不想说什么“来到西藏就是为了洗涤灵魂”这一类的话。因为它太不真实了。尽管在这块大地上亲眼见到的风物也带着那么一丝迷离感，可那都是可以亲手触碰到的存在，比如云朵一般的哈达，还有街头小毛孩荡漾着好奇和讶异的脸庞。

我拉起一个藏族小孩的手，“阿姨带你去朝圣，好不好。”

也许是她不大接触生人吧，只是害羞地笑着，不说好也不说不好，脏兮兮的小脸蛋儿上不曾见到对陌生人的提防。

我用手机给她拍了张照片，发微信传送给远方的他。他马上回复说，真希望我也能有这样的女儿。

我开始对这条走得并不顺利的朝圣路心生感激，若不是最初的咬牙坚持，哪得现在的一脉纯真？能够初心不改地走完人生路，这才是莫大的幸福。我愿我是这样的一个人，永远不慌不忙地走在路上，不论走到哪里，都怀着一颗敬畏的心。

从生到死，我们缺少的是一种态度。

米拉日巴尊者说：“我的宗教是生死无悔。”

但生死无悔的前提是生时遵照自己的本心去活，不急躁、不攀比，只把此一生当作一场心灵的旅程。途中遇到的每一个人、每一件事，都是为着让我们觉醒。只要此一期的生命还在前行，我们便始终是那走在朝圣路途上的旅人。

光阴总是柔软，只是当它在我们的脸上、身上刻出了印痕，我们才发觉此一生的生命即将走到了尽头，而自己的内心似乎永远那么空虚，自己的一生仿佛就如同在梦中度过一般。到了此时，再去后悔，悔之晚矣！

在这场旅程中，我们总会有孤单寂寞的时候，我们无法面对孑然一身的生活，其实是无法面对那个真实的自己。我们说人是一种群居动物，总需要世间的温暖和拥抱，可面对利益纷争的时候，我们便彻底背弃了最初的誓言。

从生到死，我们都不过是个踽踽独行的行者。我们最是渴求的，往往是对生命的觉醒毫无帮助的；我们尽力躲避的，可能正是内心中缺乏的。最用力地活着，很可能一无所获；如果身心敞开，也许能有新的感受。

人生想不到的事太多，就像这一趟西藏之行，途中总有想不到的意外，这些意外是麻烦但也是惊喜。记得某一次出行我们几人迷路，大家正抱怨某师兄带错了路，他却粲然一笑，说："走路不就是为了迷路吗？脚下路走错了还可以重新再来，可心上的路选错了，这一生怕就被毁掉了吧。"

至于是如何走到了目的地，沿途又遇见了什么风景，如今想来已完全没了印象。只是还能感觉到雪域高原上的风是那般的又硬又冷，迎面扑来的时候竟令我几近窒息。

不过还好，总算是走到了心中的那个地方。

路并不算远，只是稍微绕了一些而已。可也正是略微的绕远，使我们领略到更多的景象，或许那只是无言的山峰，或者是垂首的牦牛。万物静默中，天地悠悠，曾经积压在心头的那些烦恼，也真的不算是什么了。

忽而记起在大昭寺前偶遇的某位阿妈，她指着我的背包笑吟吟地说：“一路上很辛苦吧？可到底，你也是走到了心中的圣地了呢！”

03/ PART

与雪域高原做一次灵魂对话

我翻过聂汝雄拉雪山

不是为了历练

只是为了被你

偶尔抬头

偶尔睁眼时

看见

看见的

不是凝结的衣带

风伤的黑脸

是未变的冰心

一如远古的初民

——扎西拉姆·多多《初心》

总有一种错觉，我们本不是闯入雪域大地的外来者，而是和她同一条血脉的存在，这种错觉可能在我们尚未踏上这块土地之前便已在心中扎下了根。以前，还只是在书籍上读到格萨尔王的故事，在图画中了解到从古格到卫藏的雄浑气象。而那些精致的文字和画卷，总是很容易便把人的心思勾引起来。这一定是个迥异于世间其他地方的天国。

我第一次被迎面扑来的高原寒风吹透身上时，身体内部的某些元素也连带着苏醒过来。想想看，在以往的生命历程中，自己所见所闻的几乎全是对财富的不停追逐、对欲望的无尽放纵。在纸醉金迷中放纵着的不只是肉体，还有一颗原本应该平定清净的心灵。

追逐得久了，自然就会觉得疲累、烦闷，进而厌倦了此生的所有，当一个人突然发觉此时的拥有换不来片刻的安宁，灵魂在物欲中挣扎，原本的灵光被消磨殆尽，那么他便会产生出一种幻灭感和困惑。当心中的困惑堆积到一定程度时，他便要寻得一个突破口，将这些困惑全部挤出体外。

当初正是带着关乎生死的困惑，我才随着朋友们来到这个完全陌生的地方。在脑中盘桓许久的画面渐渐在眼前拉开，恍惚间才发觉，这个地方对自己而言其实并不陌生。我想，每一个对生死有着疑问、对人生充满困惑的人，都会对这里产生一种骨子里的亲切感吧。

最先帮我解答生命困惑的是在大昭寺偶遇的一位藏族老人。从他布满皱纹的脸上不难想见他一生里遇到的波折与动荡，生命过往的那些印记全都镌刻在这张黝黑的脸上了。那本是一个阳光遍地的好天气，大昭寺门前依旧是栖满了人，有人在摇头叹息，有人在喜滋滋地晒着太阳，有人背着大旅行包不停地拍照。在这些或虔诚祈福或默默发呆的人群中，有位老人带着沉静安详的笑容从人们身边轻轻地走过。

“姑娘，从远道而来啊？”老人省去了那些问候，但我喜欢这样亲切直接的问话。

见我点头后，他笑着摇头走开了。我愣在原地，心中充塞着好奇。“大爷，您找我有事吗？”

他从怀中掏出一挂念珠，上面有玛瑙，有松石，颜色十分鲜艳。“我是在找它的主人呢。”

哦，原来有人丢失了念珠，这位老人在寻找失主。但藏族老人接下来的回答，可真是着实地使我吃了一惊，“确切地说，我是在给这串念珠找合适的主人呢。”原来老人是想在生命结束之前，把这串念珠传给有缘人。

当时我冒冒失失地问：“把它留给家人，难道不是更好吗？”

话刚出口，我便连声说“抱歉”。眼前的老人倒是笑了，原本我想，浸淫在佛教气息如此浓厚的地方，他必然会说出许多我似懂非懂的佛门道理，但藏族老人只是说：“还是给它找个有缘人吧，万事万物莫不是有因有缘。”

道理尽管简单，但并不是所有人都懂得，即便到了今日，我也依旧是把“随缘”两字挂在嘴边却完全将心停留在“攀缘”的区域内的那种人。

本来还打算与那位藏族老人再多聊几句，可他只是留给我一个略微驼背但散发出生命力度的身影。他继续去为他的那串念珠寻找“有缘人”，而我却愣在了刚才那段简短对话的时光中，等我再想举起相机给他拍一张照片时，已经找不到那个披着阳光的背影了。

还记得初来西藏时因为高原反应身体不适而整日都昏沉沉的，丹增师兄看到我这副可怜兮兮的样子就说：“走吧，出去散散心可能身体上就不那么难受了，身心总是相通的嘛。”没有带相机，甚至连钱包都没带，就这样慢腾腾地随在师兄身后，听他用带着重鼻音的腔调说起自己家乡的种种趣事。彼时我正被许多问题所困惑，以至于在本该安心休息、惬意散步的时候都不能停止对这些困惑的思考。看到丹增满脸的无忧无虑，我便好奇为何他总是一副特别轻松自在的样子，好像生命中任何的苦乐经验都不会在他心上留下什么痕迹。他只是那样轻快而自信地在前面走着，虽然知道过了今天就是明天，而在无数个明天之后，便是死亡等在眼前。我们的生命在一步一步地迈向死亡，一想到这点，就有多少人要通过及时行乐来打消心底的恐惧。可丹增却说，死亡既然无法避免，那还不如在活着的时候潇洒一点。对于这句话，我深以为然。

丹增说他第一次与死亡“面对面”还是八岁时，那一年突然就生了一场大病，阿妈急的直掉眼泪，可那泪水里竟多了些对死生的淡然。丹增说在他的家乡，极少会感受到死亡的恐怖气氛。“生生死死最平常不过了，生死不会因为我们期待或害怕而早到或迟来”。丹增的阿妈经常这样对他说。

说起丹增的少年时代，那真可称得上是险象环生却又每每与死神擦肩而过。每当有人对他说：“你生长在重视信仰的地方，又经历过这么多危及生命的情况，是不是早已经看淡了生死？”丹增就会圆睁着两眼，他说自己虽然从没有感受到过死亡的恐怖气氛，但也绝不是那种看淡生死的人。他总觉得一说“看淡”，那便意味着还没有把生死看成平常事，心头还是装着生死。

我和丹增并肩在风中走着，听他说起自己童年时的遭遇，说起经历的那些意外，说起对生死的觉悟，我知道他向来不喜欢在诸如生死这些终极的哲学问题上费脑筋，但他说的话却句句都那么在理，都能到人的内心深处。

说来也真是怪，和丹增这样边走边聊的时候，那可恶的高反症状竟在我身体上渐渐地消失了。我说丹增你可真有智慧啊，丹增依然瞪圆了双眼，很疑惑地说："哪有啊？"

我指着自己的头说："这里，不疼了呢。"

"哦，那说明你很专注地和我在聊天散步，完全没有考虑之前的那些问题了啊。"

丹增的回答又让我的灵魂震动了一下。

以前经常和朋友们说起生死的问题，可能这与那个时期读的一些书有一定的关系吧。人们总觉得自己距离生死问题很远，但如果真的到了要面对生死问题的时候又会焦躁不安、恐惧万分。在西藏待的时间越多，便越是觉得生命本就是与无常共舞的过程。山河之奔流、日月星辰之变换，就连我们的心跳声，都提醒着我们的生命本就在那一呼一吸之间，而生活教给我们的最大学问，就是如何放下一切的执着。

其实，就"放下执着"这个问题，我也曾与几位朋友探讨过，生命中的一切到底是要“拿起”还是应当“放下”。有人说还是应该拿起，比如责任和使命，如果人人都想的是放下，那么社会就没法进步了。也有人说应当放下，因为人类总是在傲慢和无知以及执着中犯下错误，并且因为执着又产生更多的贪欲，真是害人又害己。

就因为这个问题，大家争论不休，可我们却忘记了那天本是个极好的日子，空中有白云，云端有苍鹰。一位藏族老人从远处慢悠悠地走过来，或许他是觉得这么一群年轻人在阳光下如此激烈地说话实在与周围的风景不太搭调。

待老人问明原因后，就说：“真是糊涂啊。”他脸上摆出一副满不在乎的表情，迈开步子又走开了。有个朋友高声问：“您这是要去哪里啊？”

“我去该去的地方啊！”那声音真是洪亮，或许是因为当时没有一丝风，那声音也就不曾被吹乱散向四面八方，而是直直地插入每个人的耳膜里，然后再流进每个人的心海里。

目送那位藏族老人离开，大家又开始了新一轮的争辩——刚才他说“真是糊涂，那是在说谁呢？”从“拿起还是放下”的问题一下子转换到“谁才是真糊涂”的问题，说来说去都是毫无意义的问题。在这种毫无意义的争辩中，谁也没有注意到宝贵的时间正在一分一秒地逝去，谁也不曾留意咂摸老人那句“去该去的地方”所饱含的深意。大家的争论，为的只是要分出胜负，可时间却不会因为谁胜出便多给他一分钟，甚至一秒钟。

难怪那位老人只留下一句“真糊涂”便从从容容地走开了。在他看来我们就是一群不可教的傻孩子，明知道生命无常、人生可贵，却还在为了毫无意义的问题而耗费着精神。可当我埋头工作时，竟发现我们平时焦虑的许多事情也是毫无意义的，比如为了得到一个人的心，比如为了一份体面又高薪的工作。只是我们在狂热地追求所谓的成功和胜利时几乎忘记了，越是渴望拥有便越是容易活得痛苦。

你我原本都是糊涂的人，但更可怕的是活在糊涂中还不自知，就连那心灵上闪过的一抹灵光都在糊涂中弄丢了。

如果不是随着朋友来到雪域走一趟，或许我就真的会继续这样糊涂下去，当然还有另一种情况，那就是变得更糊涂，但如果这种糊涂只是不再狂热地追逐物欲，那么我还是很欢喜的。

听人们说在拉萨最没用处的物品可能就是时钟了，时钟这玩意如果只能带给人们挂碍和牵绊，那还不如没有它。当然，得看是在哪个地方，也得看具体是个怎样的情形。像拉萨这种悠闲散漫的地方，不要说时钟了，恐怕连时间都是多余的存在。在很多时候，并不是人在控制时间，而是时间操控了我们。当我想到，在大多数情况下并不是我们与欲望和平共处而是被欲望不停左右，我便对“时间”这个“害人精”宽容多了。

还记得木心的那首《从前慢》吗？“从前的日色变得慢/车，马，邮件都慢/一生只够爱一个人/从前的锁也好看/钥匙精美有样子/你锁了，人家就懂了。”行走在拉萨街头的时候，我便会很自然地想起这些诗句，与朋友酣畅痛快地对饮对谈之后，我脑子里盘旋的还是这些诗句。这是一个让人学会“慢慢地生活”的地方。

随朋友们走在乡间野外时，这块土地上残留下的原始模样倒映在我眼中。我对这里的一切都生出好奇心，仿佛这里的一切同样对我也抱有无限的好奇一般。这种感觉，在其他陌生的地方从来不曾有过，因为当我在其他一些陌生的地方行走时，满眼望去皆是提防以及对外乡人的不够友好的打量。

当我回到北京又回到家乡之后，身边朋友问过最多的话题都是与旅行元素有关。可我这一趟行程实在算不上旅行，因为在更多的时候我更愿意和当地的朋友们聊聊天，虽然语言不通是个很头痛的问题，但同行的藏族朋友们却可以充当翻译。这里神山圣湖有很多，各种各样的生活禁忌也不少，可总体来说这依然是一个“能够让人简简单单做自己”的地方，夕阳下的拉萨城总是让人感觉暖心舒服，如老友一般，它可以使人们将内心的焦躁和疲惫妥帖地收拾干净。在很多个黄昏时分，我都喜欢静静地坐在窗子边上，望向远处那微微露出一角的山峰，它仿如昔日恋人，宽阔的肩膀和博大的情怀便足以安慰我全部的烦闷和抑郁。

原本以为我要等上好久才能一睹雪域高原的容颜。这是一块令我朝思暮想的大地。最初的时候，我对她的兴趣还只是停留在与众不同的民族风情和景色风物上。但真的将双脚放在她的掌心上时，我便已彻底臣服于她的神秘气息。这个时候，我与雪域大地犹如隔着一层窗纱在互相窥探。我放开胆子小心翼翼地行走在茫茫天地间，这时才发现她的怀抱是温暖的，她的故事是多彩的。那些散落在民间的神话传说，就好比是点缀在她鬓边的松耳石；那些流传于后世的诗歌警句，便如同她衣衫上遍布的珠玉。

尽管我爱她、迫不及待地要了解她、渴望着她的怀抱并一度在她的怀中恣肆奔跑，但我仍然要说，我对这块土地仍是不熟悉的。因为有很多很多地方，我们并不曾到达。可我的心，我的灵魂，却注定要在这里停留上好久好久，以至于身体与灵魂都不再同步，整个人都如同失掉了魂魄一般。

如果可以，真想让自己的灵魂永远留在这个地方。

它比梦更远，却比神话更使人亲近。

这个地方叫西藏。

后/记

每个人的心灵深处总是藏着一个关于朝圣的念想，我们断定，远方必定有个什么地方，能让我们放下心头的负重，哪怕是暂时放下也好。因为人的生命实在太有限，而现世的热闹又太逼人。于是，我们总想着，找一个时间，独自或者结伴，踏上心灵的朝圣之路，只是为了更轻松地继续以后的生活。“朝圣”二字说起来神圣、听起来诱人，它说在我们的嘴上，却深深地植根于我们的心底。

朝圣之路，总要一步一步行来，这个过程其实是一种心灵的修行，是一种对人生的觉悟。尽管身体在行走的途中被疲累折磨，但心灵上的力量却在渐渐加强。在人类的历史上有过千千万万的朝圣者，他们走的路，我们如今也在走，他们有过的苦恼、困扰，我们现在也有。我们走着同样的朝圣路，背负着各自的困惑但却怀着同样的心。

若说起朝圣，那么西藏确实是再适合不过的了。且不说那里悠久的历史和遍地大大小小的寺院，也不必过多描画那些一脸肃穆、神情庄重的朝拜者，单是从进藏沿途弥漫着神圣气息的地点来看，我们已经有足够的理由确信，自己的心——那颗装满疲惫的心、在尘世中久被困锁的心，确实是在渐渐地接近那个清净庄严之地——西藏。我们也确信，心灵上的洗礼和重生，必然在不久之后降临。

蕾秋·乔伊斯在《一个人的朝圣》中说："人一定要放手，要放开你离不开的东西。"我只是觉得，能够在活着的时候学会放下，在舒适的时候学会放手，这是一种难得的福气。最初是抱着朝圣之心打定主意来到雪域高原，随着朋友们走走看看，虽说不上是一场深刻的修行之行，但也不愿使其成为走马观花般的肤浅出游。

从西藏回来后，有朋友问，网上常见到一些介绍西藏文化、旅行游记的文章，可为什么还要特地赶到那里呢?

在此处我不得不提到一个藏族朋友，在出行之前她就常说，虽然她的家乡是一个号称世界上最为神秘的地方，但她还是希望人们能把关注的重点从外部转向内心。对我来说，西藏一直是自己心头闪动跳跃的梦想，最初也确实是被她的神秘和瑰丽所吸引，但在行走西藏的日日夜夜里，我真实地体会到那位藏族姑娘所说的"从外部转回到内心"到底是一种怎样的觉悟。当我们的双眼看到的只是所谓的神奇壮丽的风景，想到的只是浪漫动人的传说，那便真是辜负了这场出行。我始终认为，每一场出行，不求它们能给自己的人生带来多么翻天覆地的变化，至少也该让自己的身心有一种重生的喜悦。正如那位能说 30 多种东方语言的旅行家理查德 · 波顿所说："在呆板的日常生活中，所能享受到的最大快乐，莫过于经过了漫长的旅行后，置身于一个陌生的世界。在这里你可以摆脱世俗的牵绊、生活的压力、虚伪的面具、家庭琐事的重负。这是一种重生的幸福！"

原本想让这"重生的幸福"持续得更长久些、袭来得更猛烈些，但正如佛家所讲，一切事物皆有其因缘。当内因外缘出现变动，事物便也会随之变化。之前一直打算去的一些地方还是没能成行，但我已经很是感恩，在有生之年来到这样一个能够寻回自心的地方。

于 2016 年元月